最後の晩ごはん

お兄さんとホットケーキ

角川文庫
19128

登場人物

最後の晩ごはん

お兄さんとホットケーキ

イラスト／緒川千世

五十嵐《いがらし》海里《かいり》

元イケメン俳優。
情報番組の料理コーナーを担当していたが……。

夏神《なつがみ》留二《りゅうじ》

定食屋「ばんめし屋」店長。
ワイルドな風貌。料理の腕は一流。

淡海《おうみ》五朗《ごろう》

小説家。高級住宅街のお屋敷に住んでいる。
「ばんめし屋」の上顧客。

五十嵐《いがらし》一憲《かずのり》

海里の兄。公認会計士。
自他に厳しく、父なき後の五十嵐家を支えてきた。

ロイド

眼鏡の付喪神。海里を主と慕う。
人間に変身することができる。

プロローグ

ぶうん……と準備運動のような音を立て、プリンターは紙を吐き出し始める。

そこに印字されているのは、数字、数字、そして数字。

眩暈《めまい》がするような数字の羅列、いや、大草原だ。

「はあ……」

五十嵐《いがらし》一憲《かずのり》は、思わず溜《た》め息をついた。

デスクに山と積み上げられた書類の上に印刷したばかりの紙を置き、太い指で、凝り固まった目頭のあたりをゆっくりと揉《も》みほぐす。

鈍い痛みに、思わず唸《うな》り声が漏れた。

一憲の職業は、公認会計士である。

三十八歳という年齢を考えれば、そろそろ独立してもいい頃合いではあるが、まだ独身ということもあり、安定収入を重視して、会計士事務所に所属している。

仕事の傍ら大学院に通い続け、一昨年《おととし》、日本版MBAを取得して以来、経営コンサルタントの仕事が徐々に増え、今はそれがメインの業務だ。

一憲の顧客には、それなりに歴史があり、地域に根ざした小規模な会社や工場、工房が多い。

「融通が利かない、厳しすぎる」と苦言を呈されることもたまにあるが、一憲は、経営の小さな無駄を見つけるのが上手《うま》く、概して顧客の評判はいい。

所長からも、「君は、会社を堅実な経営に導くのが実に上手いね」というお褒めの言葉を貰《もら》ったほどだ。

しかし。

(作ってはみたが、このプランでは甘すぎるな)

さっきプリントアウトしたばかりの「T社の経営改善策」を手に取りしげしげと眺めて、一憲は再び嘆息した。

公認会計士とは、平均台の上で数字と手を取り合って踊り続けるような仕事だ。一憲は常々そう思っている。

依頼主は一憲に「数字を上手にエスコートし、速く正確に踊れ」と要求してくるが、流れる音楽によっては、楽々と要求に応《こた》えられるときも、どうにも難しいときもある。

今、彼が頭を悩ませているT社は、まさに後者だった。

T社は、神戸《こうべ》市にある小さな酒造会社である。いわゆる「灘《なだ》の酒」として有名な日本酒を製造・販売している。

戦前からある木造の酒蔵で、杜氏《とうじ》たちが昔ながらの方法を守り、実に風情ある酒造りを続けている会社だ。

しかし三年前に社長が急逝し、まだ三十代の二人の息子が跡を継ぐこととなった。

ところが、この人事が大問題だった。

社長に就任した長男は、大学院で醸造学の学位を取得するほどの学者肌である。経営にはあまり興味がなく、どちらかといえばよりよい日本酒を造るための研究に没頭している。

よって、実質的な会社の経営は、副社長の弟に委《ゆだ》ねられることとなった。

(この弟が、問題なんだよな。決して悪い人じゃないし、仕事熱心でもあるんだが)

物静かで内向的な社長と対照的に、副社長は、驚くほど朗らかで社交的である。家業を継ぐまで広告代理店勤務だったと聞いたとき、一憲はやっぱりと膝《ひざ》を打ったほどだ。

この副社長が就任してすぐ、「これからはもっと多角的な経営を図らなくてはならない」と訴え、山手《やまて》の瀟洒《しょうしゃ》な洋館を買い取ってレストランを開いた。

本格的なフランス料理と自社製品の日本酒を組み合わせる目新しさが受けて、メディアにも盛んに取り上げられたし、連日満員の大人気が続いた。

それに気をよくした副社長は、兵庫《ひょうご》県内や大阪《おおさか》府内、さらには東京《とうきょう》・銀座《ぎんざ》にまで、レストランの支店や日本酒バーを次々とオープンさせた。

しかし、毎日のように新しいものが出現し、目まぐるしく流行が移ろっていくこの国で、「目新しい」だけで人気が続くはずもない。去年からは格段に収益が落ち、飲食店が叩《たた》き出す赤字が、本業である酒造業を脅かしつつあるというのが現状だ。

三ヶ月前、T社社長の長男から依頼を受け、非常事態を打開すべく経営コンサルタントに就任した一憲だが、彼が提案できるプランはただ一つである。

一刻も早く飲食店の経営から手を引き、業務を縮小して、本業である酒造だけに専念すること。

どれだけ知恵を絞っても、それ以上にいいアイデアは出てこない。

ところが、社長の長男と重役たちは同意してくれたものの、副社長の次男だけが、頑として首を縦に振らない。

ヨーロッパでは今、あちらの料理と日本酒のマリアージュが流行しているので、それが必ず逆輸入される。我が社はパイオニアとして、再び注目を浴びるに違いない……

……そんな主張を繰り返し、レストラン売却に同意しようとしないのだ。

根気強く説得して、どうにかもっとも業績の悪い二店舗を閉鎖させることには成功したが、それだけでは正直、焼け石に水である。

今なら、本業だけをこつこつ続け、造った酒を海外に売り出すなどの営業活動に力を入れれば、飲食店経営で嵩《かさ》んだ負債を少しずつでも減らしていける。

そういう方向性で経営改善策を作成し、何度か提案を重ねてきたが、よほど自分の失敗を認めたくないのか、副社長の同意は未《いま》だに得られない。

それればかりか今度は、「それじゃあ、日本の店をあといくつか閉める代わりに、パリに支店を開こう」などと言いだし、一憲の頭痛は増すばかりだ。

兄である社長が弟を窘《たしな》めてくれればいいのだが、「弟は僕より世間を知っているし、本当にレストランが再評価されることがあるかもしれない。何とか存続させる方向性で考えてくれないか」と、むしろ庇《かば》い立てするのも、一憲には理解できないところだ。

身内である副社長の不始末にいちばん厳しいのは、やはり兄の社長であるべきだと一憲は考えているのだが、社長は弟の良き理解者でありたいらしい。

さらに一憲を苛立《いらだ》たせるのは、問題の副社長の性格が、一憲の弟に驚くほどよく似ているということだ。

あるいは「今どきの若者」に共通の性質なのかもしれないが、明るくて人懐っこくて、そのくせ頑固で人の忠告は聞かず、妙に楽天的で、根拠のない自信がある。

『ちょっと人気が落ちたらすぐ閉店しようっていうのは短絡的すぎますよ。それじゃあ、新しい文化は育たないんだ。損して得取れって言葉があるでしょう。経営のプロだっていうなら、もっと斬新なアイデアを持って来てくださいよ』

三日前の会合の後、副社長が軽い調子で投げつけてきた台詞《せりふ》が甦《よみがえ》り、一憲は思わずみぞおちを押さえた。

あの会合以来、ずっと胃が痛い。

「まったく、弟って生き物は」

忌々しく呟《つぶや》いて、一憲は昼休みに買ってきた液状の胃薬に手を伸ばした。キャップを外し、苦くて独特の漢方薬臭ととろみのある液体を、ぐっと飲み下す。

弟というのは、全員が全員、ああいう感じなのだろうか。

父親を早くに亡くし、歳が離れていたこともあって、一憲は弟に対して、兄というより父親のような立場で接しようと心に決めていた。

周囲の大人たちが「お父さんがいなくて可哀想だ」と弟を甘やかしがちなので、せめて自分は弟に対して厳しくあろうと努めてきた。

一方で、父親がいないせいで、将来の進路選択において希望を諦《あきら》めることにならないよう、十分に学業を修めていい就職ができるようにと、一生懸命働き、家計を支えてもきた。

（それなのに、あいつときたら）

弟のことを思い出すと、胃薬より強い苦みが口の中に溢《あふ》れてくる。

彼の弟は、とにかく根気と根性のない子供だった。

ピアノを習いたい、塾に通いたいとよく習い事をしたがったが、それは友達が行っているからという理由であり、すぐに飽きて行かなくなってしまった。

高校時代は、現金を持たせればくだらないことに使ってしまうので、「欲しいものをきちんと申請しろ、そうすれば買ってやる」と言い渡していたにもかかわらず、部活動を辞めて隠れてアルバイトをした。

稼いだ金は、デザインは斬新だが品質の悪い服や、安っぽいアクセサリー、それに友達との買い食いに費やしていたようだ。

果ては、一憲が大学の学費をこつこつと積み立ててやっていたというのに、大学には行かないと言い張ってフリーターになり、さらにオーディションに合格したからミュージカル俳優になるなどと宣言して、実家を飛び出してしまった。

その後、弟は本当にミュージカル俳優になり、当初、一憲が予想していたよりは長く、真面目に舞台を務めていたようだ。

一憲は一度もそれを見に行ったことはなかったが、その一点においては多少の根性がついたらしい。

だが、弟を少し見直したのも束の間、次に彼が弟の姿を見たのは、テレビの朝の情報番組だった。

およそ実用的ではない装飾的なコック服を着て、誰でも作れるようなくだらない料理を作り、「ディッシー！」という、これまた頭の悪そうな決め台詞と共にカメラに向かって皿を突き出す、軽薄な笑顔の弟。

あれが弟だとはとても言えないチャラチャラした言動に、「俳優になると息巻いた、あの志はどこへ行った」と、一憲は内心、苦々しい思いでいた。

あんなに軽い生き方をしていたら、あっと言う間に道を踏み外すに違いないとも感じた。

案の定、弟は若い女優絡みのスキャンダルで芸能界を追放され、のこのこと実家に逃げ戻ってきた。

ここで受け入れたら、また弟は同じ過ちを繰り返すと思った一憲は、心を鬼にして弟を叩き出し、自分から連絡を取ろうとはしなかった。

しばらくは心配で、新聞やニュースを注意して見ていたが、どうやら弟は新しい居場所を見つけたらしい。今は、隣町の定食屋で住み込み店員などをして糊口《ここう》を凌《しの》いでいるようだ。

昔から愛嬌《あいきょう》だけはある子供だったから、定食屋の店長にいい加減なことを言って取り入りでもしたのだろう。そういう要領の良さが、なお腹立たしい。

まったく、愚かな話だと思う。

一憲が自分の夢を諦め、何不自由ない生活をどうにか保証してやったというのに、そのすべてを無駄にするようなくだらない生き方ばかりする弟は、いったい何を考えているのだろう。

一憲の思いやりは、弟には欠片《かけら》も伝わっていないのだろうか。

同様にT社の副社長も、一憲が会社の経営再建を真剣に考えていることを理解していないのだろうか。

だからあんな風に、顔を見るたび「また鬱陶《うっとう》しい小言を言いに来た」と言わんばかりの顰《しか》めっ面をされるのだろうか。

(そういえば、俺と顔を合わせるたび、海里《かいり》も同じ顔つきをしていた)

弟のいかにも煩わしそうな表情を思い出し、一憲の眉間《みけん》には深い縦皺《たてじわ》が刻まれる。

それでも弟を庇うT社社長と違い、一憲には弟の生き方は理解できないし、評価するつもりもない。

一日も早く心を入れ替えて堅実な人生を歩んでほしい、母親や自分にこれ以上迷惑や心配をかけないでほしい、そう願うだけだ。

『五十嵐さんはそう仰《おっしゃ》るけれど、弟のあの明るさで、救われることも随分あるんですよ。あいつがあんな風でいてくれたからこそ、僕は社長を続けてこられたんですから』

副社長は楽観的すぎると嘆いた一憲に、兄の社長が口にした一言が頭を過《よ》ぎる。一憲の弟も明るい性格だが、それによって救われたと思ったことなど、これまで一度もない。

向かっ腹が立ったことなら、星の数ほどあるが。

(俺には、海里の存在に救われたことが……あるだろうか)

一憲は書類に視線を向けたが、その目はぼんやりと数字を追うばかりで、何一つ頭に入ってはこない。

(いや、そもそも俺は、弟がいてよかったと思ったことがあったか？　ただの一度でも、そう思ったことがあっただろうか)

ゆっくりと記憶を辿《たど》ってみても、心の深いところから湧いてくるのは、憤り、無力感、苛立ちばかりだ。

いったい、自分にとって弟とは何だったのか。

ジワジワと心が虚無感に蝕《むしば》まれる気がして、一憲は勢いよく首を振った。

自分の弟のことなど、どうでもいい。

すべての「弟」を普遍化することに、何の意味もない。

今はとにかく、自分が担当するT社の経営を、年内に上向かせることだけに集中しよう。

無論、経営方針を最終的に決めるのはT社トップの兄弟だが、コンサルタントとして、少しでも短期間に効率良く経営状態が改善するようなプランを練り上げ、プレゼンしなくてはならない。

これは、仕事だ。たとえ疎んじられても貶《けな》されても、「数字」という確かな結果さえ出すことができれば、それは一憲の実績となり、彼の勝利である。

（そうだ。「弟」になど負けない。決しておもねったり、機嫌を取ったりはしない。俺は、顧客にとっていちばん正しいと思われる道を示すのみだ！）

頭の中にちらつく弟の呑気《のんき》そうな笑顔を振り払い、一憲は、さっき作成したばかりの「少しだけ副社長の考えに歩み寄った経営改善策」を、ビリビリと破り捨てた……。

一章　思いがけない訪問者

兵庫県芦屋《あしや》市。

六甲山《ろっこうさん》と大阪湾に挟まれ、神戸市に隣接するこの小さな街には、東西方向ほぼ並行に、三本の線路が走っている。

その中でもいちばん南……いや、ご当地風に言えば海手を走る阪神《はんしん》電車芦屋駅からほんの少し北上したところにあるのが、芦屋警察署だ。

愛想の欠片もない鉄筋コンクリートの建物だが、一角だけ、かつての壮麗な庁舎の玄関部分が残されているのが、何とももの悲しく、印象的である。

一方、警察署から芦屋川沿いに北上、すなわち山に向かって歩いていけば、緑がかった尖塔《せんとう》の屋根が目印のゴシック風建築、カトリック芦屋教会が見えてくる。

そして、そんな二つの対照的な建物の間にある、典型的な昭和の木造二階建て住宅。それこそが、この物語の舞台である。

一見、古い民家とおぼしきその家の玄関には、「ばんめし屋」と書かれた木製のプレートが掲げられている。

その名のとおり、「ばんめし屋」は定食屋だ。

ただし、メニューは日替わり一種類だけ、しかも夕方六時頃に開店し、始発電車が走り出す午前五時くらいにのれんを下ろすという風変わりな店である。

店主の名は夏神留二《なつがみりゅうじ》という。

筋骨隆々とした大柄な男で、年齢は三十代半ばといったところだろうか。

彼は空き家だったこの家を買い取り、料理修業と並行してリフォームをこつこつと進め、三年前、ついに夜しか営業しないこの定食屋を開いた。

半年あまり前、ささいな諍《いさか》いから寄って集《たか》っての暴行を受けていた元俳優……正確にいえば、元俳優兼元料理タレントだった五十嵐海里を助け、住み込み店員として雇うまで、独身の夏神は、たったひとりでこの店を切り盛りしてきた。

だが今、店にいるのは彼と海里だけではなく……。

「如何《いかが》でございましょう？」

口調こそ慇懃《いんぎん》だが、どうしようもなくウキウキと弾んだ声が耳に飛び込んでくる。

プチトマトを湯むきにする作業を黙々とこなしていた五十嵐海里は、今どきの男子らしいスッキリと整った顔を盛大にしかめ、手を止めた。

「何が、如何だよ？」

声のしたほうを見ないまま、小声で無愛想に問い返すと、やはり無駄に弾んだ大人の男の声が応じる。

「これでございますよ、我が主《あるじ》」

そう言って海里のほうに顔を突き出したのは、初老の白人男性だった。その高い鼻筋には、実にスタイリッシュなメタルフレームの眼鏡が載っている。

男のほっそりした顔の輪郭と彫りの深い造作に、シャープな印象の眼鏡はとても似合っていた。

だが、海里は形のいい唇をへの字に曲げて、「ちげーだろ」とぶっきらぼうに応じる。たちまち男は、飼い主に叱られた犬のようにしょげ返った。

ネイティブとしか思えない流暢《りゅうちょう》な日本語、それに海里より遥《はる》かに年上でありながら徹底的にへりくだった、それでいて卑屈さを微塵《みじん》も感じさせない優雅な言動。

どうにも奇妙な人物である。

「はあ……やはりわたしごとき前時代的な者には、かような最新流行の品は使いこなしえないのですね。痛恨です」

「じゃ、なくて」

小鍋《こなべ》でぐらぐら煮立つ熱湯に、皮に小さな切れ目を入れたプチトマトをほんの数秒つけ、すぐに網ですくって氷水に取る。そんな地道な作業をようやく終えて、小さな網じゃくしをシンクに置いた海里は、そこで初めて男を横目で睨《にら》んだ。

「その呼び方、やめる約束だろ。特に店に出てるときは」

そう言われた途端、男はハッとした様子で片手を口に当てた。

「これはしたり。たいへん失礼致しました、海里様」

「そうそう。つか、その『様』も抜いてほしいとこなんだけど」

「そうは参りません。本当は、お名前でお呼び申し上げることすら、わたしごときには僭越《せんえつ》の極みなのでございますから。海里様のよく仰《おっしゃ》る言葉をお借りするならば、『ギリ妥協したライン』なのでございますよ」

「めんどくせえなあ、ごときごときって。あと俺の喋《しゃべ》り方まで真似すんな。無駄に似てんのが腹立つ」

いかにもうんざりした顔で言いながら、海里は長袖《ながそで》のシャツを腕まくりした。冷水を張り、たくさんのプチトマトを浮かべたステンレスのボウルを調理台の上に上げると、器用な指先でクルリと皮を剝《む》き始める。

「あっ、わたしも是非お手伝いを」

「や、別にいい。今、暇だからゆっくりやればいいんだし」

「そう仰らず！」

男はいそいそと海里の隣にやってくると、パリッとしたワイシャツの袖をまくり上げる。

「マジでいいのに。つかお前、単純にトマトの皮むきがやりたいんだろ」

「ご明察でございます。クルクルと、実に容易《たやす》く美しく剝けるものでございますなあ」

「そうなるように熱湯に潜らせてるんだから、当たり前だろ」

「その当たり前のことが、このわたしにはすべからく新鮮なのでございますよ、海里様。何しろ」

「何しろ、眼鏡だけに」

「さよう、眼鏡だけに！　その上、前の主はお年を召したやもめ暮らしでいらっしゃいましたから、こうも本格的な料理をなさることはありませんでしたので」

雪平鍋の中身を時折軽く掻《か》き混ぜながら、夏神が苦笑いで耳を傾けているのは、海里と男……いや「眼鏡」、もといロイドの会話である。

今は白人男性の姿で現れているが、ロイドの真の姿は、百年近く前に作られたセルロイドフレームの眼鏡なのである。日本風に言えば、古い器物に魂が宿った「付喪神《つくもがみ》」と呼ぶべき存在だ。

半年近く前、海里は深夜の配達帰り、公園の茂みの中に捨てられていたロイドを拾った。

命を救われたことを恩に着たロイドは海里を新しい主人と心に定め、海里もやむなくそれを受け入れた。こうして、何とも奇妙な主従関係が出来上がったのである。

当初は夜しか変身できなかったロイドだが、今では海里との絆《きずな》が少し深まったせいか、いつでも好きなときに人の姿になることができる。

そこで時折はこうして店の営業中にも現れ、手伝いという名の邪魔をしているのだった。

人間に化けるときのモデルは、彼を作ったイギリス人の眼鏡職人らしいが、ロイド自身は作られてすぐ日本に渡ったせいで、見事に日本語しか喋れない。

突然、定食屋のスタッフに加わった「恐ろしく腰の低い、日本語ペラペラのロマンスグレーの英国紳士」に、最初、常連客たちは大いに戸惑った。

しかし、ロイドは持ち前の人なつっこさで、すぐに客たちにも親しまれる存在となった。無論、客たちはロイドの正体を知らず、夏神の「日本暮らしの長いイギリス人のご隠居が、暇つぶしにパートに来てくれてんねん」という説明をすんなり受け入れている。

何しろ店の営業形態が普通でない上、ついこの間までテレビの人気者だった海里が見習い店員として働いているという特大のサプライズが全国規模で知れ渡った今、英国紳士が店員に加わったところで、もはやどうということもないのだ。

「何や、ロイド。イガに買《こ》うてもろた眼鏡と違《ちゃ》う奴やないか。もう飽きたんか？」

冷蔵庫を開け、頭を突っ込むようにして何かを探していた夏神は、やがて生の三つ葉を手に、ロイドに問いかけた。

先月、ロイドの「眼鏡としては、一度でいいからみずから眼鏡をかけてみたい」という切なる願いを聞き入れ、海里は「眼鏡に眼鏡を買って」やった。

それは、鯖江《さばえ》の小さなメーカーで製造されたという、ロイド自身によく似たデザインと色、しかしセルロイドではなくプラスチックフレームの洒落《しゃれ》た伊達《だて》眼鏡だった。

ロイド自身は、「ほほう、眼鏡をかけるというのは、このように華やいだ心持ちなのでございますか！」と感嘆し、いたく気に入って、毎日のようにかけていた。

だが、今、彼がかけているのは、まったく違うメタルフレームの眼鏡である。

「いえ、飽きるなどとは滅相もございません。ですが、この結構なお品は……」

説明しようとしたロイドを遮り、海里は無愛想に答えた。

「俺が芸能人だった頃、お忍びで出掛けるのに使ってた伊達眼鏡。こいつが他の眼鏡もかけてみたいっていうから、一つだけ持って来てた奴をやったんだ。ちゃんと調整してねえから、耳んとことか鼻当てとか全然合ってないけど、ま、試しにさ。もう、俺には必要のないもんだしな」

「まあ、なあ」

夏神は、曖昧《あいまい》な相づちを打った。

二ヶ月ほど前、海里は芸能記者に居場所を嗅《か》ぎつけられ、「あの大人気イケメンタレントが、地方の小さな定食屋に潜伏中！」とワイドショーに映像を流されて、大変な騒ぎに巻き込まれた。

だが災い転じて何とやら、その一件で、自分が芸能界を追放されるきっかけになったスキャンダルにみずから区切りを付け、芸能界への未練を断ち切ることもできた。

今は、すべてを他人にお膳立《ぜんだ》てしてもらった嘘まみれの「イケメン料理タレント」ではなく、「ばんめし屋」の見習い料理人として、実直に修業を続けている。

「せやけど、人生どないなるかわからんで？　別にお前の心を惑わす気はあれへんけど、必要ないて言い切ることもないん違うか」

夏神にそんなことを言われて、海里は形のいい唇を意外そうに尖《とが》らせた。

「は？　だって、芸能人に戻るチャンスはもうないし、俺、じっくり腰を据えてここで料理修業をするって決めたんだし。そう言っただろ、前にも」

いかにも「自分を信じていないのか」と言いたげな海里の不満顔に、夏神は不器用なウインクで応じた。

「わかっとる。せやから芸能人やのうて、『イケメン庶民派シェフ』でテレビに出る日が来るかもしれへんやろって言うてんねん。そうなったら、また有名人に返り咲きや。眼鏡くらい、後生大事に取っとってもバチ当たらへんで」

半分冗談、半分期待らしきものがこもった夏神の言葉に、海里はたちまち機嫌を直し、照れ臭そうに肩を竦《すく》める。

「何だよ、それ。急におだてんなっつーの。それに、イケメン以外は滅茶苦茶不確定要素じゃん」

「はあ？　イケメンは芸能人やめても確定要素なんかい」

「そりゃ、定食屋だって客商売だもん。見苦しいよか、イケてるほうがいいに決まってるだろ。そこは一応、夏神さんにないもんを補おうと思って頑張ってんだよ、俺」

「イケメン成分が皆無で悪かったな！」

「あはははは、もう二人はお笑いタレントのコンビばりに息ピッタリだねえ」

そんな二人のやり取りに、カウンター越しに呑気《のんき》な笑い声が響いた。二人は口を閉じ、左右対称に首を巡らせて、声のしたほうを見る。

カウンター席に座っているのは、店内にただひとりいる客、淡海五朗《おうみごろう》だった。

高名な元政治家を実父に持つ淡海は、小説家を生業《なりわい》にしている。

叔父が遺《のこ》した山手の豪邸にひとり暮らししていて、気分転換に深夜の散歩がてら、頻繁に「ばんめし屋」を訪れる。開店当時からの常連客のひとりだ。

夏神と海里の尽力で、若くして死んだ妹の魂がずっと自分の傍らにいたことを知った淡海は、その過程で海里の持つ「不思議な眼鏡」、つまりロイドの存在を知った。

おかげで今は、「謎の英国紳士」の正体を知る三人目の人物でもある。

「でも、五十嵐君みたいな今どきのイケメンじゃなくても、夏神さんだってなかなかのものだよ。僕みたいに貧弱な体格の人間から見れば、羨《うらや》ましいほどワイルドな男前だと思うけどね……クシュンッ」

そんなことを言いながら、淡海は瘦《や》せた撫《な》で肩をすぼめ、小さなクシャミをした。

しばらく姿を見せなかった淡海は、こっぴどい風邪を引いて長々と寝込んでいたらしい。どうにか体調が持ち直したので栄養をつけに来たのだと本人は笑っていたが、海里は心配そうに淡海を見た。

「大丈夫っすか？　エアコンつけます？　それとも、膝掛《ひざか》けになりそうなもんでも見繕ってきましょうか？」

海里が差し出した紙箱からティッシュペーパーを一枚取り、育ちの良さを思わせる上品な仕草で洟《はな》をかんだ淡海は、「失礼」と小声で謝ってからかぶりを振った。

「いや、まだ十月なのに、エアコンをつけさせちゃ申し訳ないよ。大丈夫、寒くはないんだ」

「ホントに？」

「うん、平気だよ。今のはきっと、誰かが僕の噂をしたんじゃないかな」

「そんなアホな。せやけどまあ、これ食うたら身体ん中から温《ぬく》もりますわ。えらいお待たせしました」

苦笑いしながら、夏神は淡海の前に小ぶりの丼《どんぶり》を置いた。

「これは？」

淡海は、キョトンとして丼の中身を覗《のぞ》き込む。夏神は、ニッと笑って答えた。

「俺特製の雑炊です」

淡海は、戸惑い顔で細い目をパチパチさせる。

「え？　今日の日替わりは麻婆茄子《マーボーなす》じゃなかったっけ？」

「そうですよ。せやけど、病み上がりの胃に麻婆茄子はさすがに重過ぎるん違うかと思うて」

「それはそうだけど、じゃあわざわざ作ってくれたの？」

夏神は丼の横に小鉢をいくつか並べながら、こともなげに言った。

「わざわざっちゅうほどのことやないですよ。そら、米から粥《かゆ》でも炊くんやったら大層ですけど、もう炊いてある飯でささっと作りましたしね。小鉢に使おうと思うてもずくを買うてあったんで、それをちょろっと流用しただけです」

「へえ……。じゃあこれ、もずく雑炊なんだ」

淡海は興味津々の顔つきで、丼を両手で軽く持ち上げた。

なるほど、さらりと薄めに仕上げた雑炊には、短く刻んだもずくがまんべんなく混ざっていて、その上には、刻み三つ葉と針のように細切りにした生姜《しょうが》がたっぷり載せられている。

「うん、優しい出汁《だし》と海の香りがする。三つ葉と生姜のおかげで清々《すがすが》しさもプラスされているね」

夏神はちょっと得意げに、太い人差し指で鼻の下を擦《こす》った。

「もずくには、フコイダンっちゅう物質が含まれとるそうですわ。そのフコイダンが、免疫力を上げてくれるって聞いたことがあります。ほんで生姜は言うまでもなく、殺菌作用と、身体を温める作用がありますでしょ。病み上がりにはピッタリの組み合わせやと思うて」

「へえ、そうなんだ。生姜はともかく、もずくなんて何の栄養もないと思ってた」

海里は、意外な夏神の博識ぶりに驚いて、思わず淡海より先に反応してしまう。ロイドも、感心しきりの顔つきで、雑炊と夏神の顔を交互に見た。

「なるほど、食べる方のお体を思いやる調理とはさすがでございますね、夏神様。まさに料理人の鑑《かがみ》でいらっしゃいます」

主従に自分の言いたかった台詞《せりふ》をごっそり奪われた淡海は、苦笑いで同意する。

「本当にそうだね。ひとり暮らしなものだから、病気になっても自分で何とかしなきゃいけないでしょ。買い物にも行けないから、備蓄の非常食で食いつないでたんだよね」

淡海の悲しい療養生活に、夏神はいかつい顔を気の毒そうに歪《ゆが》めた。

「備蓄言うたら、レトルトの粥《かゆ》とかですか？」

「そう。あとは、何年前からあるか見当もつかない貰《もら》い物の素麺《そうめん》とか、冷凍庫で半分ミイラみたいになったうどんとか……」

「そ……そら、しゃーないとはいえ、悲惨やなぁ」

「だからこそ、こんな風に特別料理で労《いたわ》ってもらえると、何だか泣きそうに嬉《うれ》しいよ。じゃ、熱いうちに早速いただきます」

そう言って、淡海はれんげを取った。たっぷり掬《すく》った雑炊を慎重に吹き冷ましてから、ゆっくりと味わう。閉じた口から、満足げな唸《うな》り声が漏れた。

「うーん、身体に染み渡るね。ありがたい」

夏神は淡海の満ち足りた笑顔を見て、どこかしんみりした様子で言った。

「妹さんが生きてはったら、もっと旨《うま》い雑炊を作ってくれはったと思いますけどね。その……あれから、妹さんが幽霊として姿を見せはることは……？」

躊躇《ためら》いがちに問われて、淡海は小さくかぶりを振った。だが、その痩せた顔には憂いの色はなく、むしろ幸せそうな微笑が浮かんでいる。

「この店で姿を見せたあの夜以来、妹が出てきたことは一度もない。そんな必要がなくなったからじゃないかな。僕がちゃんと、あの子が僕の身の内にいるってわかっているからね」

骨張った手で、自分の心臓の上あたりにシャツの上から触れ、淡海は少し秘密めかした口調で言った。

「僕の五感を通して、ここにいる妹も世界を感じ、味わっている。そう感じられるから、以前よりずっと外に出るようになったよ。妹はずっと若いままだし、家に閉じこもりきりじゃ嫌だろうからね」

海里は、意外そうに目を見張った。

「俺、淡海先生は、わりと社交的なほうかと思ってましたけど。店に来た他のお客さんたちとも、わりとカジュアルに喋《しゃべ》ってるから」

「僕は、社交的な引きこもりなんだよ。人に会うのは大好きだけど、すぐに疲れてしまう。基本的に家が好きなんだ。出掛けても、用事が終わったらすぐ帰るよ」

「へえ」

「だけど、新聞や雑誌やテレビを見ているとき、ふと僕の中の妹が、僕が見たものに興味を惹《ひ》かれているのを感じ取れるんだ。こんなことを君たち以外の人に言えば、頭がどうかなったと思われるだろうけど。君たちはわかってくれるだろ？」

夏神と海里は頷いただけだったが、ロイドは両手の指を組み合わせ、感嘆の声を上げた。

「素晴らしゅうございます、淡海先生。妹君の魂が、先生の魂に溶け合わさっているのが、このロイド、はっきりと感じられますぞ」

「君がそう言うんなら、僕の思い込みじゃなくて、本当にそうなんだね。安心したよ」

ロイドは頭がもげそうなほど、大きく頷く。

「まことでございます。妹君は、淡海先生の御心に懐《いだ》かれ、たいへんお幸せである模様。このロイドも、嬉しゅうございますよ」

「君が、僕と妹の幽霊を会わせてくれたんだものね、ここで。それにしても、妹の一件がなければ、未《いま》だに信じられなかっただろうな。君が本当は眼鏡だなんて」

半ば呆《あき》れ顔の淡海の言葉に、ロイドは舞台役者のように恭しく一礼した。

「はい、眼鏡でございます。世界広しといえども、眼鏡をかけた眼鏡は、わたしひとりではないかと！」

「そりゃそうだ。君の顔にその眼鏡は、恰好《かっこ》いいねえ。映画俳優みたいじゃないか」

「光栄の至りでございます！」

著作がドラマ化された作家に褒められて、ロイドは誇らしげに胸を張る。その二の腕を小突いて「おだてられてんじゃねえよ」と軽く毒づいてから、海里は興味津々で淡海に問いかけた。

「じゃあ、外に出るってのは、妹さんが行きたい場所に淡海先生が出掛けてくってことですか？」

淡海は雑炊に添えられたカボチャの煮物を口に放り込んで、頷いた。

「うん。おかげで、これまで行ったことがない場所にばかり行く羽目になってる。行動範囲が異様に広がったよ」

「行ったことがない場所って、たとえば？」

最後のプチトマトの皮を指先で丁寧に剝《む》きながら、海里は面白そうに訊《たず》ねる。淡海は、照れながらも正直に答えた。

「ビジュアル系バンドのライブとか、美青年だけで構成された演劇とか、物凄《ものすご》く綺麗《きれい》に仕上げたスイーツが売りの、女性で溢《あふ》れかえるカフェとか。ああそうそう、あと、十代の女の子が好きそうな……プチプラって言うのかい？　あまり高くない、カジュアルだけど可愛い服やアクセサリーを売ってる店とか」

「ちょ、そのあたり、全部ひとりで行ってんですか？」

「気持ち的には妹と二人だけど、客観的にはひとりで」

「うわお。で、まさか淡海先生、女の子の服とかアクセまで買ったんすか!?」

カウンターから身を乗り出した海里の額を迷惑そうに人差し指の先で押し戻し、淡海はかぶりを振った。

「さすがにそれはちょっと無理でしょ。見て回っただけだよ。店員には、妹へのプレゼントを探してるって言い訳した」

「よ、よかった。そのうち、先生が女装とかし始めたらどうしようかと」

「しない！　しないよ！　妹は可愛いけど、僕が代理で女装したって、それは不気味なだけだろ。だけどまあ、スイーツは食べた」

「うお、マジっすか。女の子だらけのカフェで？」

淡海は恥ずかしそうに、しかしどこか楽しげに、海里の問いを肯定した。

「そう、最大限の勇気をふるってね。これまで滅多に食べたことがなかったフルーツどっさりのタルトや、のけぞるほど大きいチョコレートパフェや、想像を絶する量の生クリームが渦を巻いているパンケーキなんてものも試した。妹が……純佳《すみか》が心惹《こころひ》かれたものが感じられるから、僕が食べることで、彼女もまた自分が食べたように感じられるかもしれないと期待して」

「はい、きっとお言葉のとおりになっていると存じますよ、淡海先生。想像を絶する量の生クリームが渦巻いたパンケーキなどは、このわたしも一度、試してみた……」

「うっせえ。お前の話はいいんだよ、ロイド」

自分もスイーツが食べたいという、眼鏡のまったくさりげなくない主張を遮り、海里は感心しきりで腕組みした。

「はあ、それにしても先生、意外と勇者っすね。俺でも、女の子に大人気のカフェとか、ひとりはハードル高いですもん」

「まあ、確かにかなり恥ずかしかったけど、長い間、ずっと傍にいてくれた妹に気付かなかった酷《ひど》い兄貴だからね。ささやかな罪滅ぼしだよ」

「……なるほど」

「それに、妹のおかげでこれまで知らなかった世界を知ることができたから、小説家としては大収穫なんだ。若い女の子たちがよく言う『カワイイ』の意味が、ようやくおぼろげにわかってきたもの」

「あー、何でもカワイイで済ませますからね、あいつら」

「便利な言葉だよねえ、カワイイ。あんまり便利だから、僕も積極的に使っていこうかと思ったんだけど、どうも妹の反応が芳しくない感じなんだよね」

「……俺の反応も芳しくないです、それ。先生はオッサ、じゃねえ、いい大人だし小説家なんだし、ちゃんとした言葉を使ったほうがいいんじゃ」

「今、オッサンって言おうとしたよね。いや、確かに事実だけどさ」

「あ、あはははは」

「いいよ、傲慢《ごうまん》は若者の特権だからね」

笑って誤魔化す海里を冗談まじりに軽く睨《にら》み、淡海は雑炊の最後の一口を頬張った。

「おかげで、若い女の子を小説に登場させるとき、以前よりリアリティが増した気がするよ。……さて、ご馳走《ちそう》様。おかげで身体がすっかり温まったし、心もお腹も満たされた」

「そらよかった。せやけど、雑炊は消化がええけど腹持ちが悪いんが欠点ですし、これ、お土産です」

夏神はそう言って、小さな紙袋をカウンターの上に載せた。淡海は、嬉《うれ》しそうに袋の中身を覗《のぞ》き込む。

「何かな？」

「雑炊っちゅうわけにはいかんので、梅干しのおむすびです。あとは、定食用の副菜を入れときました。今夜じゅうに食べへんときは、必ず冷凍してくださいや」

「わあ、素敵だな。いつもありがとう。帰って、仕事の合間にいただくよ」

「まだ仕事ですか。風邪、ぶり返さんように気ぃつけてください。あと、次に寝込んだときは、変なもん食わんと、遠慮のう電話してください。イガに何ぞ届けさせますし」

「ありがとう、マスター。そうさせてもらうよ。あと、特別ディナーも本当にありがとう。嬉しかった。またね、五十嵐君、ロイド君も」

カウンターに代金を置くと、淡海は席を立った。

「ありがとうございましたー！」

外まで淡海を見送った海里が店に戻ると、ロイドはいそいそと食器をトレイに集めていた。後片付けですら、この付喪神には楽しい遊びのようなものであるらしい。

海里はカウンターの中に入り、洗い物を始めながら夏神に話しかけた。

「何だか淡海先生、病み上がりだけど前より元気そうに見えたな。ひとりだけど、妹さんと二人って感じがすげえした。ひとりぼっちじゃなくなったから、元気なのかな」

「せやな」

午前一時を過ぎ、客足が途絶えたので、夏神はスツールを出してどっかと腰を下ろした。エプロンのポケットから、相変わらず禁煙の口寂しさを慰めるための棒付きキャンディを取りだし、包装紙を剝《は》がしながら口を開く。

「ある意味、究極の二人暮らしや。この先、先生が恋愛でもしようもんならややこしいことになるかもしれへんけど、そうやなかったら幸せやろなあ。亡くしたと思うとった大事な人が消えとらんで、自分の中にずっとおってくれるんやろ。そら、この上のう幸せなはずや」

その声に滲《にじ》む苦さに、海里は咄嗟《とっさ》に言葉を返せず、黙り込んだ。いつもはお喋《しゃべ》りで二言も三言も多いロイドも、何とも微妙な顔で沈黙を守る。

そんな二人の様子にハッと気付いた夏神は、太い眉尻《まゆじり》を下げ、困り顔で笑った。

「おいおい、俺は別に妹フェチと違うぞ。ただ、先生がひとりぼっちやのうなって、よかったなーっちゅう話や」

その言葉に嘘はないのだろうが、夏神のいつもと違う笑顔が、彼の心にはもっと他の、遥《はる》かに複雑な想いがあるのだと海里に直感させる。

夏神は、未《いま》だに自分の過去について何も語ろうとしない。

二ヶ月前、海里を取材して特ダネにしようと店に押しかけてきた芸能記者は、夏神を知っていたようだ。夏神を、「かつて仲間を見捨てて自分ひとりが助かった人物」だと、嘲笑《ちょうしょう》を込めて話していた。

海里にはそれが本当かどうか、あるいは本当なら、どういうシチュエーションでそんなことになったのか、皆目わからない。

出会った日からずっと、海里にとっての夏神は裏表なく、頼もしく、優しく、温かく、度量の広い人物である。とても、仲間を見捨てるようには思えないので、あの記者の一件以来、海里は少し混乱したままでいる。

いったい、夏神に何があったのか、知りたいとも思う。

記者と揉《も》めた場に偶然居あわせた淡海は、インターネットで調べて夏神の過去を知ったようだが、海里はそうしなかった。

夏神の過去を無理矢理暴くような恩知らずなことはしたくない。彼が、自分で話してくれるまで、何も知らないまま待つ……海里はそう心に決めているのだ。

(とはいえ、夏神さんが時々つらそうにしてるのに、何も知らないから何もできないってのがなー。ちょい、きついよな)

自分は命も胃袋も心も夏神に救われたのに、夏神のために何もしてやることができない。そのアンバランスが、海里にはどうにも苦しいのだ。

それでも海里は、そんな気持ちを顔には出さず、軽い口調でこう言った。

「ま、淡海先生は幸せだろうけど、あんだけ物わかりのいい兄貴を持った妹さんのほうも幸せなんじゃね？　なかなかティーンエイジャーの女の子向けのキラキラしたショップは、オッサンにはハードル高いぜ。ああ、それとも兄貴ってのは、妹となるとやたらに可愛く思えるもんなのかね」

今度は海里の含みのある発言に、飴《あめ》をくわえたまま夏神が訝《いぶか》しげな顔をする番である。

「あ？　ああ、そうか。お前、兄貴がおるんやったか。前に言うとったな、兄貴と揉めて、実家にもおれんようになったて」

海里は、汚れた皿を丁寧にスポンジで擦《こす》りながら応じた。

「そ。行き場のない弟を唯一の逃げ場所から放り出した、超冷たい兄貴だよ。隅から隅までずずいっと気が合わないんだ」

「歳がだいぶ離れとるんやったやろ？　そのせい違うんか、気ぃ合わへんのは」

「んー、まあ確かに、十三歳離れてるからなあ。俺が物心ついた頃には、もう大人になりかけてた感じ？　勿論《もちろん》ジェネレーションギャップもあるんだろうけど、それ以前に性格が全然違うんだよ」

夏神は、器用に口の中で大きな飴を転がしながら訊《たず》ねた。

「性格、なあ。まあ、兄弟やからって、そっくりなわけはあれへんやろけど。そう言うたら、お前が兄貴の話をしたことはあんまりあれへんな。どんな人なんや？」

「どうって……」

海里は渋い顔でしばらく考えてから、投げつけるような口調で短く答えた。

「立派な人だよ」

その答えが、とても意外だったらしい。夏神は飴をくわえたまま、ギョロ目をパチパチさせた。

「立派な人っちゅうのは、世間的には褒め言葉やと思うねんけどな」

海里は洗い物を終え、手を拭《ふ》きながらぶっきらぼうに応じる。

「別に褒めたつもりはないけど」

「おう、言葉の調子が全然褒めとらんかったから、不思議やったんや。立派な人やのに、好かんのか」

「……どうぞ、海里様。お皿を拭くのはわたしが致しますので」

主《あるじ》と夏神が話し込みそうなのを察して、ロイドはやけに恭しく、夏神の前に海里のためのスツールを置く。

「おう、じゃ、頼むな」

最初の頃は、ロイドの従者らしい振る舞いに困惑していた海里だが、最近ではその程度のことなら受け入れるようになった。拒めば、ロイドがかえって居心地の悪い、寂しい思いをするのだと気付いたからである。

布巾《ふきん》を手に、楽しそうに皿を拭き始めたロイドを横目に、海里はスツールに腰掛け、長い脚をひょいと組んだ。膝《ひざ》の上に肘《ひじ》を突き、鬱陶《うっとう》しそうに口を開く。

「兄貴はさ、学校の成績がよくて、先生や友達から信頼されてて、クラス委員やら生徒会の委員やらをやって、サッカー部の副主将もやって、後輩に滅茶苦茶慕われてて、父親が死んでも奨学金を取って大学をちゃんと出て、最短ルートで公認会計士になって、立派に家計を支えてきたんだ」

夏神は、ますます不思議そうに首を捻《ひね》る。

「立派っちゅうか、非の打ち所のない人やないか」

「そうだよ！」

「そうだよて言うてもお前、死ぬ程顔が怒っとんぞ」

「怒ってねえし！」

「怒っとるて。なあ、ロイド」

夏神は困ったように、海里の肩越しにロイドを見やる。

丁寧に皿を拭きながら、ロイドも珍しく言葉に詰まる。

「は……その、いささかご不快のご様子かと」

「ご不快でもねえし！」

膨れっ面で振り返り、ロイドを軽く睨《にら》んでから、海里は腕組みして夏神に向き直った。

「父親が海の事故で早く死んで、その後ずっと一家を支えてくれたのは、母親と兄貴だった。いや、大半は兄貴だ。精神的にも、経済的にも、若い頃からずっと、父親の代わりをしてくれてた」

夏神とロイドは、やはり戸惑ったまま顔を見合わせる。恐る恐る問いを発したのは、ロイドのほうだった。

彼は布巾を持ったまま、皿だけは台の上に重ねて置き、海里の背中を見ながらこう言った。

「伺えば伺うほど、兄君はまことにご立派な人物であると拝察致します」

「だからさっきからずっと、そう言ってるだろ？」

やはり海里は、イライラと言葉を返す。

「ですが、海里様はさようにご立派な兄君を嫌っていらっしゃるご様子。なにゆえでございますか？」

眼鏡ならではのデリカシーのなさでズバリと問いを重ねたロイドに、海里はたった一言、こう答えた。

「立派過ぎんだろ。ずるいよ、チートキャラだろ」

「チート、と申しますのは……」

小首を傾げるロイドに、夏神が教えてやる。

「ズルっちゅう意味や。つまりイガ、お前は兄貴が完璧《かんぺき》すぎて、肩身が狭かったんか」

どうやら図星だったらしく、海里は薄い肩をそびやかした。

「俺は、物心ついてからずーっと、兄貴には偉そうに死ぬほどうるさいことを言われ続けてきたわけ。偉いんだから当然なのかもしれねえけど」

「たとえばどんなことや？」

「母親に心配かけんな、宿題は帰ったらすぐやれ、招かれたら招かなきゃいけなくなるから友達の家には遊びに行くな、ゲームもケータイも子供には必要ない、本は図書館で借りろ、服は流行に関係ないもの以外買うな、部活は運動部に入ってチームワークと責任感を養え、小遣いはなしで必要なものがあったら申告しろ、食べ物の好き嫌いはするな、無駄な買い食いはするな、バイトは成績が低下したらすぐ辞めさせる、ええとあと何だ……」

ようやく、海里が兄に抱いている不満の一端を理解したらしく、夏神は低く唸《うな》って、一回り小さくなったキャンディを口から取りだした。

「そ……そら、なかなかに窮屈やな。せやけど、お父さんが早《はよ》うに亡くなったんやったら、生活は楽と違うかったやろ。お兄さんが倹約家になるんも、しゃーないことやと思うで」

「わかってる。金のことは仕方ない。友達の誕生会とか行けなかったし、俺の誕生会もいっぺんもやってもらえなかったけど、まあそれはわかる。母親は長い間、父親が死んだショックから立ち直れなくてさ。そんな浮かれたこと、する気分じゃなかっただろうしな」

「ふむ……」

「けど、俺だって、好きで早々と父親を亡くしたわけじゃないんだよ！　好きで、兄貴の世話になったわけでもない」

海里の乱暴な言い様に、ロイドは軽く眉《まゆ》をひそめた。

「我が主……ああいえ、海里様。お気持ちはわかりますが……」

「わかんねえよ。幼稚園に通ってた頃から実家を飛び出すまでずっと、俺は兄貴に支配されてたの」

「指導でなく、支配、でございますか？」

「間違いなく支配だよ。ああしろこうしろ、あれはするなこれはするな、これを着ろこれを食え、誰とつきあえ……。生活のすべてに口を出されて命令されて締め付けられて、我慢できずにちょっと反論したら即、『文句があるなら出て行け』だ。ひとりで生きられるわけないガキに向かってだぜ？　卑怯《ひきょう》だろ！」

「おや……」

主のあまりの剣幕に、いつもは飄々《ひょうひょう》としているロイドも、気の毒そうに眉を曇らせるだけで、咄嗟《とっさ》に言葉が出ない。

「母親はいつも、兄貴の肩を持った。お兄ちゃんは私たちのために苦労してるんだから感謝しないといって、ずーっと言われてきた」

「それはまあ、事実やろ。お前が三歳のときにお父さんが亡くなったんやったら、お兄さんはそんとき……十六か。十六歳なんて、十分にガキやぞ。それが、弱ってる母親と、幼稚園行っとる弟を急に背負うことになったんや。そら大変やったやろ」

兄への同情に満ちた夏神の声に、海里は酷《ひど》く尖《とが》った声で言い返した。

「って、みんな言ってた。事実だってのもわかってる」

「ほな……」

「けど、俺はどうなるんだよ？」

海里は組んでいた脚を下ろし、バスケットシューズを履いた両足で、床をドンと踏み鳴らす。夏神は、軽くのけぞった。

「お前がどうって、どういうことや？」

「俺はお荷物以外の何者でもないってこと！　父親があんなに早く死ぬんなら、俺なんか生まれなかったほうがよかったじゃん、どう考えても」

「おい、そない極端なこと」

「海里様、そのような悲しいことを仰《おっしゃ》いますな」

夏神もロイドもおろおろと取りなそうとしたが、海里は妙に強情に、二人の慰めを撥《は》ねつけた。

「だって、事実だろ！　ご立派な兄貴がひとりだけなら、生活はもっと楽だったはずだ。出来の悪い弟のことなんか、兄貴も母親も心配せずにすんだ。芸能界を辞めるときのゴタゴタで、迷惑をかけることもなかった。何か、間違ってるか？」

挑戦的に睨まれ、夏神もロイドも困り果てた顔で黙り込む。

どうにもぎこちない、重苦しい空気が、しんと静まりかえった店内を支配し始める。

だが、そのとき。

ガラリとやけに軽やかな音を立てて、入り口の引き戸が開いた。

酷く苛立《いらだ》っていた海里も、ギョッとして口を噤《つぐ》み、反射的に立ち上がる。

片手でのれんを持ち上げたまま、開けた扉から躊躇《ためら》いがちに顔を覗《のぞ》かせたのは、三十代くらいの長身の女性だった。

「すいません、朝までやってるって噂を聞いて来てみたんですけど、ホントに？　それとももう、閉店しちゃってました？」

やわらかな口調でそう言いながら、彼女は誰もいない店内を心配そうに見回す。

あからさまにホッとした様子で立ち上がった夏神は、さりげなく飴《あめ》を小皿に置き、女性に笑顔を見せた。

「やってますよ、うちは夜しか営業してへんのです。表に書いてあるとおり日替わり定食しかあれへんので、今日は麻婆茄子《マーボーなす》ですけど、それでよかったら」

夏神がそう言うと、女性はホッとした顔で店に入ってきた。若々しいものの、少し疲れた顔つきの女性だ。

すらりとした……有り体に言えば、あまり凹凸が目立たない身体を、薄手のコート、メンズライクな白いシャツとカーキ色のゆったりめのチノパンに包み、踵《かかと》の低い柔らかそうなパンプスを履いている。

真っ直ぐな黒髪は長めのボブカットで、化粧はごく薄く、アクセサリーはシンプルな銀色のピアスだけだったが、そうしたシンプルな装いが、あっさりした彼女の顔立ちによく似合っていた。

「よかった。あ、でも、からいのはわりと苦手なんですけど」

そう言いながらカウンター席についた彼女に、夏神はニッと笑って応じた。

「ほな、からみ少なめで作りましょか」

「そんな微調整もお願いできるんですか？」

「そらもう。一から作るんで、お安い御用ですわ」

ロイドがいそいそと冷蔵庫を開け、食材が入った密閉容器を取り出し始めたので、海里は涼しい顔にまだ少しだけさっきの不機嫌を残したまま、女性に問いかけた。

「うち、酒とかないんで、水でいいですか？　熱いお茶もありますけど」

女性は少し意外そうに瞬《まばた》きした。

「お酒は置いてないの？　終夜営業の店って、お客さんは朝まで飲んだくれるものかと思ってたわ」

「うち、隣が芦屋警察ですから。たちの悪い酔っ払いは警察へ直送できるけど、そういうの面倒くさいでしょ。だから出さない……って、俺じゃなくマスターが決めました。それで？」

いつもと違い、少し性急に返答を求めた海里に、女性は「あ」と小さな声を出してから答えた。

「ごめんなさい。じゃあ、お水で」

「わかりました」

海里はグラスになみなみと氷水を入れ、女性の前に置いた。そして、頭にわだかまった兄の記憶を追い払うように頭を振ってから、副菜のカボチャの煮物や、細かく切った野菜としっとり炒《いた》め合わせ、ほんのりごま油の風味をつけたおからを、小鉢に盛りつけ始める。

夏神は、大きな茄子をくさび形に切り、素揚げしながら、そんな海里に一言だけかけた。

「イガ、美味《おい》しゅう食べてもらえるようにな」

それは、さっきのやり取りを聞いていない彼女には、「盛り付けは上手にやれ」という意味合いに聞こえたことだろう。

だが海里にも、補助を務めるロイドにも、それは「お客さんに気持ちよく食事をしてもらえる態度で仕事をしろ」という意味だとすぐに伝わる。

「……すんません」

海里は低い声で謝り、いったん菜箸《さいばし》を置いて、力が入ったままだった肩を上下させた。ロイドは、労《いたわ》るような笑みを浮かべ、そんな海里の前に茹《ゆ》でたサヤエンドウの入った小さな容器をそっと置く。

気持ちをきちんと切り替えてから、海里は先月、夏神に贈られたばかりのペティナイフを手にした。

歯ごたえを残して色よく茹でたサヤエンドウを、斜めに小さくスライスし、こんもり盛りつけたおからのてっぺんにそっと載せる。

さらにその上から、柚子《ゆず》の皮をおろしたものを小さなブラシで散らしていると、軽く腰を浮かせ、カウンターの中の作業を見ていた女性が、興味深そうに言った。

「それ、何で出来てるの？　凄《すご》く便利そう。柚子の皮って、おろし金の目に詰まってしまって、ろくに取れないでしょ。勿体《もったい》ないなあっていつも思ってたの」

「ああ、竹っすよ。おろしばけ、っていうんです」

海里は、使い終わったブラシの持ち手を女性に向けて差し出した。

十二、三センチくらいの長さの竹をハケかブラシのような形に切り出し、先端を、まるで毛のように細かく割いてある。

それを丁寧に受け取った女性は、しげしげと眺め、感心したように小さな溜《た》め息をついた。

「凄《すご》い。これなら、おろし金でおろした薬味を、きれいに集めたり散らしたりできるわね」

「はい、俺も、この店に来て初めて知ったんですけど、使いやすいし洗いやすいし、便利っすよ」

「お高い？」

「いえ、千円もしませんし、そういつも使うもんじゃないから、長く保《も》つでしょ。高い買い物だとは思いませんけど」

「そうね。探してみようかな。ホームセンターとか？」

「たぶんあるんじゃないかな。通販でも簡単に買えますけどね」

「ふうん。ありがとう。勉強になったわ。やっぱりどんな分野でも、プロにはプロの道具があるものなのね」

そう言っておろしばけを海里に返し、女性はニッコリした。

目が切れ長なせいか、あるいは眉尻《まゆじり》があまり上がっていないせいか、笑うと途端に、彼女の顔はこけしに似て見える。どちらかといえば古風な美人顔で、和服が似合いそうだ。

「はい、本日の副菜、おから、カボチャの煮付け、シロナと薄揚げの炊いたん、です。

麻婆茄子を食べたら最後、繊細な味は一切わからなくなるんで、先にどうぞ」

海里は、女性の前に次々と小鉢を並べていく。女性は箸を取り、嬉《うれ》しそうに三つの小鉢を見比べた。

「わあ、日替わりって、こんなにたくさん副菜がつくの？」

「それは日によりけりで。たいてい一品か二品ですけど、今日は仕入れ先からおからを貰《もら》ったんで、急遽《きゅうきょ》一品サービスすることになったんです」

「ああ、じゃあラッキーだったんだ。いただきます」

きちんと挨拶《あいさつ》してから、女性は料理に箸を付けた。まずはシロナ、次におから、最後にカボチャを頬張って、満足げに頷《うなず》く。

「うん、どれも美味しいです」

「ありがとうございます」

豚ひき肉を、仄《ほの》かに香る程度のニンニク、それにたっぷりの生姜《しょうが》と強火で勢いよく炒めながら、夏神は嬉しそうに頭を下げる。

「ささ、お水のお代わりをどうぞ。先ほど、噂を聞いていらっしゃったと仰せでしたが、いったいどなたからこの店のお話を？」

「わっ」

いきなりロイドに恭しく日本語で話しかけられ、水を注がれて、女性はさすがに驚きの声を上げた。

「これは失礼しました、お嬢様」

そういうリアクションには既に慣れっこのロイドは、にこやかに一礼してカウンターの中に戻っていく。

「お嬢様って、何ていうか……メイド喫茶の逆バージョンってどう言えばいいのかしら」

「もしや執事喫茶、でございますか？」

「そう、それ！　ビックリした。ここ、定食屋よね？　しかも、外国の方なのに、日本語が凄くお上手……」

「わたしは、イギリス生まれ、日本育ちなもので。お褒めに与《あずか》り、恐悦至極に存じます」

「……もういいから」

少し得意げなロイドに、海里は彼女に見えない場所で片手を振り、戻ってこいのサインを送る。

一方、夏神がフライパンに中華スープを注ぎ入れると、ジャーッと威勢のいい音が立ち、ふくよかな匂いが店内に漂った。

「唐辛子はこんくらい、山椒《さんしょう》もこんくらいにしときますし」

指先で辛みを生み出すスパイスの使用量を示しながら、夏神は女性に問いかけた。

「せやけどホンマのとこ、どっからうちの話を？」

女性は、出来上がりつつある麻婆茄子《マーボーなす》の香りをふんふんと嗅《か》ぎながら答えた。

「職場の同僚が、何回か夜勤明けギリギリで滑り込んで、ご飯を食べたことがあるって言ってたんです。定食屋だけど、油ギトギトでも、凄く濃い味でもないから、美味しいよって」

「そら、ありがとうございます。まあ、揚げ物の日も多いですけど、ええ油使《つこ》うてますし、衣も薄いですしね。さほどもたれることはないと思います」

いい評判に気をよくした夏神は、そう言いながら、仕上がった麻婆茄子を深めの皿に気前よく盛りつけた。すぐに海里が、白いご飯と中華風卵スープを添えて、女性にサービスする。

「夜勤の仕事なんすか？　お疲れ様です」

他に客もいないし、女性は、海里たちと会話を楽しみながら食事をしたいように見えたので、海里はそう問いかけてみた。

女性は曖昧《あいまい》に頷く。

「夜勤は確かにあるんだけど、今日は普通の勤務が長引いただけで……」

海里と夏神は、思わず壁の時計を同時に見上げる。

「普通の勤務が長引いてって、もうじき午前二時ですよ？　そんなに遅くなる仕事っていったい……」

女性はどこかはにかんだ笑みを浮かべ、こう言った。

「獣医なの」

ロイドは感心した様子でポンと手を打つ。

「おお、白衣の天使でいらっしゃいますか！」

「馬鹿、それは看護師さんのことだろ。ああいや、獣医さんも白衣……着るんでしたっけ？　俺、ペットを飼ったことがないんで、よくわかんないんですけど」

ロイドをいささか自信なげに窘《たしな》めた海里に、女性はクスリと笑った。

「白衣を着る人もいるでしょうけど、私たちはたいてい、スクラブ……ええと、よく医療ドラマで病院スタッフが着てる、オペ着みたいなものを着てるの。色も、うちの医院はネイビーね」

「へえ。やっぱ、外科っぽい作業が多いから？」

「そう。動物を保定したり、処置をしたり……とにかく患畜さんに触れることが多いから、オペ着のほうが何かと便利ね」

「ふうん……。大変そうだな。じゃあ、具合の悪い動物がいて、こんなに遅くなったんですか？」

「ちょっと夜に手術をした犬がいたものだから、様子を見て、安定してから夜勤の子に引き継いできたの。執刀医だから、責任を持たないとね」

「ふわー。マジで大変そう。それって、医院を経営してるってことですか？」

「ううん、まだ修業中だから、県立芦屋高校のすぐ近くの動物病院に勤めてるの」

それを聞いて、夏神はちょっと驚いたように太い眉を上げた。

「県芦の近く言うたら、こっからちょっと距離あるやないですか。わざわざ歩きで？」

「いいえ、自転車で。業平町《なりひらちょう》に住んでるから、毎日自転車通勤なんです」

「ああ、チャリンコだったら、さほどでもないかな。あと、こっちの出身じゃないんですよね？　俺が言うのも何だけど、関西弁じゃないし」

海里の言葉に、女性はやはり小さく笑って頷いた。

「予想外ってよく言われるけど、出身は秋田《あきた》」

それを聞いて、夏神は意外そうな顔をした。

「秋田？　せやけど、東北っぽい喋《しゃべ》り方やないですよ」

「秋田の人……特に若い人は、あんまり方言を喋らないのよ。勿論《もちろん》、聞き取りはできるけど、普段の会話は、東北ではいちばん共通語に近い言葉を使ってるんじゃないかしら。こっちに来てまだ三年だから、関西弁はまだ無理。難しいわ」

「難しいっすよねー。つか、頑張って喋ろうとしても、嘘くさいってかえって嫌がられるし」

海里の嘆きにも似た台詞《せりふ》に、彼女も深く頷いて同意する。

「そうそう！『やめてんかー、きしょいから！』って言われちゃうのよね。だからもう開き直って、言葉は敢《あ》えて変えないことにした」

「……意外と上手《うま》かったですけどね、今の関西人の真似。それよか、熱いうちにどうぞ。すいません、喋って邪魔しちゃって」

「ううん、私、ちょっとだけ猫舌だから。少し冷めたくらいがちょうどいい」

女性はそう言いながら、麻婆茄子をれんげですくい、少し躊躇《ためら》ってから、「お行儀悪いけど」と言い訳めいた一言と共に、ご飯の上にたっぷりかけた。

「いやいや、それがいちばん旨《うま》い食い方なんで、是非それで。飯のお代わりも自由ですし」

夏神にそう言われて、女性はホッとした顔で茶碗《ちゃわん》を取り上げた。

ふっくら炊けたご飯と、火が通ってとろりとした茄子、それにリクエストどおり、からさ控えめに仕上げたあんを一緒に頬張り、目をつぶって「うーん！」と小さな声を漏らす。

「美味《おい》しい！　それに優しい。からさ控えめっていっても程度があるのに、どうして私の好みにピッタリのからさに仕上げられたんですか？　偶然？」

感嘆と驚きを顔じゅうで表現する女性に、夏神は照れてバンダナの上から頭を掻《か》いた。

「や、そこは勘ですわ。からいもん苦手やて言わはった顔つきから、どんくらい苦手か想像するっちゅうか」

「なるほど……！　顔からわかっちゃうんですね。プロはかっこいいなあ。私も、いつかそういう獣医になりたい。動物は喋らないから、気持ちやつらさをもっと汲《く》んであげられるようになりたいわ。ううん、ならなきゃ」

ひとりごとのように呟《つぶや》いて、女性はまた一口、麻婆茄子を頬張る。その顔は、店に入ってきたときよりずっと血色がよくなっている。

どうやら、仕事で疲労した女性に、夏神の作る定食で元気を取り戻させることができたらしい。

夏神やロイドは勿論、ついさっき大変な不機嫌になった海里でさえそのことが嬉《うれ》しくて、思わず笑顔になったのだった。

やがて、食事を終えた女性は、海里が出した熱いお茶を一杯飲むと立ち上がった。

「お会計、お願いします」

カウンターから出てきた海里は、レジの前に立った。

「千と八十円、いただきます」

「はい、じゃあちょうど。ご馳走様《ちそう》」

そう言って海里の手のひらに千円札と小銭を載せた彼女は、ほんの少し躊躇ってから、海里の顔をじっと見た。

「……あんまり似てないかな」

「は？」

お金を手のひらに載せたままキョトンとする海里に、女性はうっすら顔を赤くして、謝った。

「ごめんなさい、いきなりジロジロ見て。……だけど、間違ってたらさらにごめんなさいね、五十嵐、かいり、君？」

いきなり名を呼ばれて、海里は複雑な面持ちになった。

身元がばれて以来、店には、彼が芸能人だった頃のファンが時折やってくる。

だが、ファンは当然海里の顔を知っているから名を問い質《ただ》すことはないし、興味本位の客に「アンタが何とかカイリ？」と問われることはあるが、女性の問いかけ方は、そうしたものとは違うようだ。

（何だ？　知り合いだっけ。芸能関係？　近所の人？　うーん？）

内心、女性の正体と自分との関係を不思議に思いつつ、海里は仕方なく彼女の問いを肯定した。

「そうですけど」

するとと彼女は、パッと顔を輝かせた。

「ホントに？　一憲さんとあんまり似てないから、ずっと自信がなくて。でも、ネットで見た写真とはだいぶ変わってるけど、同じ人っぽいかなと思ったから、声をかけてみたの。よかった、会えて」

「えっ⁉」

海里は、無意識にお金をグシャリと握り締める。

一憲というのは、海里の兄の名前なのである。

「ええっ？　あ、兄貴のこと名前で呼ぶって……えと、あの……あの？」

ますます女性の正体がわからなくなって激しく狼狽《ろうばい》する海里に、女性は申し訳なさそうに笑って、ペコリと頭を下げた。

「今更だけど、はじめまして。賢木《さかき》奈津《なつ》と言います。あらためて言うのも恥ずかしいんだけど、あなたのお兄さんの一憲さんとかれこれ二年おつきあいしていて、先月、婚約したの」

「マジで！」

相手が客だということを忘れ、海里は目を剝《む》き、思わず大声を出す。女性……奈津は、左手を持ち上げ、甲のほうを海里に向けた。

なるほど、薬指には小粒だが、いかにも婚約指輪然としたプラチナのダイヤモンドリングが光っている。

激しすぎる驚きが行き過ぎると、海里の目には警戒の色が満ちた。

彼はいつの間にか握り締めていたお金をレジに入れると、じっとり汗ばんだ手のひらをエプロンで拭《ぬぐ》った。

「あの……兄貴の、婚約者、さんが、何でここに？　もしかして、兄貴に会いに行けって言われたんですか？」

問いかける声からは、さっきまでの親しみが失われ、代わりに控えめではあるが、鋭い棘《とげ》が感じられる。

その変化を感じとったのか、奈津はどこか寂しそうな顔でかぶりを振った。

「いいえ。というか、やっぱりあなたもそうなのね」

「やっぱりって？」

「一憲さんも、あなたのことを私に教えたがらなかったの。つい最近まで……それこそ婚約するまで、弟がいて、しかもついこの前まで芸能人だったなんて知らなかったわ。それも、家族になるんだから言うべきだってお母様が促して、初めて渋々、最低限のことだけ教えてくれたのよ。だけど、是非弟さんに会いたいって言っても、そんな必要ないの一点張りだった」

「………」

「さっき、ここの評判を同僚に聞いたっていうのは、ホントなの。で、ネットでこの店のことを調べたら、偶然あなたの記事が引っかかって、これはきっとご縁だと思った。だから、会いたくなって来てみたの。そうしたらあなたも、一憲さんの名前を言うなり、そんな顔。お互いが、お互いのことを苦手に思ってるのね？」

兄の婚約者とはいえ、初対面の相手にいきなり痛いところを突かれて、海里はほっそりした顔をますます強張《こわば》らせた。

どうにも助け船を出しかねて、夏神とロイドは、息を詰めて二人のやりとりに耳をそばだてている。

咄嗟《とっさ》に何か言いかけた海里は、ぐっと言葉を呑《の》み込み、唇を引き結んだ。

おそらく、相手が兄の婚約者である以前に店の客であることを、危ういところで思い出したのだろう。

彼は黙ったままレジスターを閉め、出てきたレシートを奈津に差し出した。

「ありがとうございました」

「……あの、海里君？」

不安げな奈津を見返し、海里は感情を抑え込んだどこか苦しげな声音で言った。

「お客さんに、失礼なことは言えないです。だけど、俺は兄貴に二度と帰って来るなって言われた立場なんで、家族にカウントされてません。俺なんかにわざわざ会う意味、ないです」

「そんなこと」

「兄貴に訊《き》けば、マジだってわかります。だから……」

海里はまた口を噤《つぐ》む。奈津は、探るように問いかけた。

「だからもう、来ないでくれってこと？」

「……お客さんにそういうこと、店員の立場で言えるわけないんで」

でも本心ですと言わんばかりのぶっきらぼうな口調で、海里は視線を逸《そ》らして答える。

だが奈津のほうは、それを聞いて、やけにホッとした顔つきになった。

「そう。じゃあ、一憲さんの婚約者云々《うんぬん》は、いったん忘れて」

「は？」

意表を突かれ、思わず視線を戻した海里に、奈津はニコッと笑って言った。

「素敵な店員さんたちに会って、美味《おい》しいご飯を食べるために、また来るわ。あなたも、ただのお客さんとして迎えて」

「とても美味しかったです。ご馳走様でした！　お嬢様なんて呼んでくれて、ありがとうございました」

絶句する海里をよそに、奈津は夏神とロイドに頭を下げ、軽い足取りで店を出て行った。

「…………」

暇なときはいつもするように店の外まで見送ることをせず、海里は難しい顔で、レジ前に立ち尽くしている。

そんな海里に、ロイドはそっと声をかけた。

「素敵なご令嬢ではありませんか、兄君の婚約者は」

だが海里はやはり何も言わず、ただ険しい面持ちで沈黙している。見かねた夏神は、カウンターの中からこう言った。

「おい、今日はえらい暇やし、交代で休憩しようや。お前、先に休んでこい。忙しゅうなったら起こすから、寝とれ」

「……ん」

うっそりと頷《うなず》き、海里は無言のまま、カウンター前を通り抜け、狭くて急な階段を上がっていった。ドスドスと廊下を歩く足音に続き、荒々しく自室の襖《ふすま》を閉める音が、階下まで聞こえてくる。

「我が主《あるじ》、初めての大荒れですなあ」

心配そうなのだが、どこか呑気《のんき》なロイドの呟《つぶや》きに、夏神も苦笑いで天井を仰いだ。

「まだ、さざ波程度やろ。どうもこの後、大嵐が来る予感や」

「おやおや、台風シーズンだけに」

「誰が上手《うま》いこと言えっちゅうた、アホ」

どこまでもとぼけた「眼鏡」を見やり、夏神は力なく首を振りつつ、「兄貴も色々やなあ」とぼやいたのだった。

有言実行の人なのだろう、奈津はそれから週に二度か三度、仕事帰りに「ばんめし屋」を訪れるようになった。

時間帯は午後九時台だったり、日付が変わる寸前だったり、はたまた深夜だったりとまちまちで、獣医としての彼女のハードワークぶりが窺《うかが》える。

夏神とロイドは、他の客とまったく同じように奈津を歓迎したが、海里はずっと複雑な心境だった。

無論、夏神に大きな恩がある身としては、店にひとりでもたくさんの客が来てくれるよう努力すべきだとわかっている。

だから奈津には一度も「来ないでくれ」などと言ったことはないし、失礼な態度を取ったこともない。

店員と客としての必要最低限の会話はしているし、接客に手を抜いたりは誓ってしていない。

とはいえ、極力視線を合わせないようにしているのは事実だし、ロイドがいるときは、つい彼に奈津の接客を押しつけてしまっていることも否めない。

夏神はそんな海里を面白そうに見ているだけだが、ロイドのほうは十月もいよいよ終わろうという水曜日の早朝、二人で閉店後の片付けをしているとき、我慢できなくなった様子で問いかけてきた。

「我が主は、あの方がお嫌いでいらっしゃいますか？」

カウンターの中でガスレンジをゴシゴシ磨いていた海里は、手を止めた。椅子を引っ繰り返してテーブルに上げ、床掃除の準備をしているロイドを、怪訝《けげん》そうに見る。

「あの方？」

するとロイドは、いかにも呆《あき》れたという様子で両手をエプロンの腰に当てた。

「奈津様でございますよ。兄君の婚約者の！」

「……ああ」

海里は、気のない返事をすると作業を再開する。

夏神は滅多に鍋《なべ》を噴きこぼしたりしないが、それでも揚げ物をしただけで、コンロ台には細かい油の飛沫《ひまつ》がくっつく。毎晩、隅々まで綺麗《きれい》にしないと、油分はあっという間に取れない膜になり、あちこちにこびりついてしまうのだ。

ロイドのほうは、最後の椅子をテーブルの上に逆さに置いてから、カウンターに歩み寄る。

「その『ああ』は、どちらの意味でございますか、海里様」

良くも悪くも好奇心の塊のような「眼鏡」は、こういうとき、はっきりした意思表明をしないと、いつまでも追及をやめない癖がある。

海里はゲンナリした顔で、手を止めずに口を開いた。

「どっちでもないって意味だよ」

「どっちでもないと仰《おっしゃ》いますと？」

「だから、好き嫌いを判断するような関係じゃねえって言ってんの。ただのお客さんのひとりだろ？」

今夜はいつもの、自分に似た眼鏡をかけたロイドは、腑《ふ》に落ちないというように、プラスチックのフレームに右手で触れた。

「ですが、兄君の婚約者でもあり……」

「それは忘れろって、本人が言ってたじゃん。だから忘れた。あっちも、そんなことあれっきり一度も口にしてないだろ？」

「ああ、それは確かに」

ロイドはポンと手を打った。主人である海里が後片付けを黙々と進めているので、自分がサボるわけにはいかないと思ったのか、店の奥から掃除機を持ってくる。

埃《ほこり》を立てないように掃除を始めたロイドは、掃除機の音に負けないよう、やや声を張って問いを重ねた。

「確かに奈津様はそう仰いましたが、それは海里様が、兄君とご不仲と理解なさった上でのご配慮、海里様までそのことをお忘れになる必要はないかと」

「覚えとく必要もない」

ぶっきらぼうに吐き捨て、海里は今度はシンクに移動した。今度は、湯につけてあったガスコンロの五徳を洗い始める。

自分を見ようともしない海里を少し寂しそうに見やり、ロイドは大袈裟《おおげさ》な溜《た》め息をついてみせた。

「やれやれ、真っ直ぐなご性格の我が主らしくもない。いくら兄君と仲違《なかたが》いなさっていても、婚約者の方までお嫌いになる必要はありませんぞ。まさか、『坊主憎けりゃ袈裟《けさ》まで憎い』などとは仰いますまい？」

「誰も憎いなんて言ってない。嫌ってるわけでもない。つか、その完璧《かんぺき》に洋風な顔で、坊主とか言うなよ、笑っちゃうだろ」

その言葉のとおり、海里のずっと硬かった表情がようやく緩み、苦笑いではあるが、確かな微笑が口元に浮かんでいる。

ロイドはあからさまにホッとした顔で、では、と、無闇に同じ場所を掃除しながら言った。

「それはようございました。わたしとて、お客様と店員として時折お言葉をいただく程度ですが、奈津様は、たいへん素敵な淑女とお見受けしております」

「うん、感じのいい人だよな。疲れた顔してる日も、挨拶《あいさつ》のときはちゃんと笑ってる」

海里のそんな相づちに、ロイドは「おや」と口の中で呟いた。

極力、奈津のほうを見ないようにしている海里なのに、やはり気になるのだろう。店に現れるたび、彼女の表情をきっちりチェックしていたらしい。

だがそこを指摘すると、海里はふて腐れて何も言わなくなってしまうだろう。それゆえロイドは、ただ微笑みで先を促した。

「何で、お前が嬉《うれ》しそうな顔すんだよ。……まあとにかく、最初に会った日以外、ビジネスライクな会話しかしてねえけど、感じのいい人だってことはよくわかる。頑固で高圧的で愛想の欠片《かけら》もねえ兄貴に、よくあんな婚約者ができたもんだよ」

「……ふむ。奈津様のことは、ずいぶんと高く評価しておられるのですね。では、兄君とは関係なく、奈津様ともっとお話をなさればよいではありませんか。奈津様が、兄君との和解の仲立ちをしてくださるやも」

「そんな余計なお膳立《ぜんだ》てをされるのが嫌だから、俺は、あの人と個人的なつきあいをしたくないんだよ」

「何故です？　兄君と、ずっと不仲でいたいとお望みですか？」

本気でわからないといった顔つきのロイドに、海里はそっけなく答えた。その整った顔からは、すでに笑みは消えている。

「希望の問題じゃなくて、物心ついてから今まで、兄貴と不仲じゃなかったことなんてないんだ。だから今、ようやく俺が自分で食い扶持《ぶち》を稼げるようになって、お互いせいせいしてるとこだよ」

「せいせい……」

「お互いにこの先は関わり合いにならずに生きていけるんだ。せいせい以外にナイスな表現はないって。だいいち、血が繫《つな》がってるからって、無条件で仲良しになれるわけじゃないだろ？」

「はあ、まあ、人間は複雑な生き物であるようですからな」

鈍い返事をして、ロイドはカウンターの下にも丁寧に掃除機をかけていく。海里はガスレンジの掃除を終え、今度は調理台を拭《ふ》き始めた。

「ん？　前のご主人の家も、人間関係がややこしかったとか？」

「いえ、ややこしいわけでは」

「でも、何かあったんだろ？」

「以前にお話ししたような、おそらくはありふれたことです。ご子息がたが大人になり、独立なさってからは、やはり親子の関係はずいぶんと疎遠になったように感じられました」

「あー、そりゃ確かにありふれたっつか、当たり前の話だな」

話題が自分のことではなくなったので、海里もいつもの様子で言葉を返す。ロイドは掃除機を止めると、今度はモップを持って戻ってきた。

ぬるま湯にモップを浸して固く絞り、リノリウムの床を丹念に拭いていく。

「巣立ちは当然のことですし、お子様がたが自由に羽ばたいていかれるのを、前の主《あるじ》は心から喜んでおいででした。しかし、お盆やお正月にお子様がたが帰省なさると、最初こそ和やかなのですが、お父様と何かと対立し、お帰りの頃には険悪になっていることが多くなったように感じました」

「……な？　だから、別に暮らすようになったら最後、身内だけど近い他人みたいなもんになっていくんだよ。俺と兄貴も、そうなるのがきっと自然なんだ。せっかく一緒にいなくてよくなったのに、今さら仲良しごっこをするつもりはないって」

「ですが、奈津様は」

「あの人は、兄貴の婚約者ってだけだろ」

「ですから、ひいては海里様の義理の姉君ということに」

「戸籍上はな。だけど、俺と兄貴が関わり合いになることはもうないんだから、現実世界では、ただの他人だよ。俺にとっては、ここに飯食いに来るお客さんのひとりってだけ。お前が何を言おうと、そこは譲れねえからな！」

そう切り口上で言うと、海里はあとは黙って調理台を拭き、シンクの掃除をし、出したままの調理器具に清潔な手拭《てぬぐ》いを広げて被《かぶ》せると、エプロンを外した。

「よし、俺の作業は終わり。お前も早く終わらせろよ」

それだけ言うと、海里は急な階段を駆け上っていく。

入れ違いに下りて来たのは、頭からバスタオルを引っかけた、ジャージ姿の夏神だった。いつもはバンダナでまとめている髪は、まだ濡《ぬ》れて房状にまとまり、見るからに風呂《ふろ》上がりの風情だ。

「おや、もう上がられたのですか、夏神様」

「おう。贅沢《ぜいたく》に一番風呂を使わせてもらったで。悪いな、片付けをやらせてもうて」

夏神は申し訳なさそうにそう言うと、ロイドが拭き終わった席の椅子を軽々と下ろしていく。

ロイドはにこやかにかぶりを振った。

「いいえ、やらされているのではなく、わたしがやりたいのですよ。自分の手で店が綺麗《きれい》になっていくというのは、胸がすくような思いがするものです」

「何や、前のご主人の家では、掃除はせえへんかったんか？」

「はい、それはお望みになりませんでした。ご自分が置いたものを他人に動かされることが、何よりお嫌いなお方でしたので」

「ああ、なるほど。わかるわかる」

下ろした椅子にどっかと腰掛け、夏神はバスタオルで髪をぞんざいに拭きながら、ふとこう言った。

「イガ、何ぞ言うとったか？　さっきすれ違ったとき、また膨れっ面しとった。お前のことやから、どうせイガの兄貴の婚約者さんのことを話に出したんやろ」

「ご明察で。デリカシーのない眼鏡めでございますよ」

反省しているような文句だが、これといって後悔はしていないらしきのんびりした口ぶりでそう言い、ロイドは使い終わったモップを物置に片付けた。

それから、夏神の前に立ち、まくり上げたままだったワイシャツの袖《そで》を下ろしながらこう言った。

「ですが、人ならぬ身のわたしには、海里様の心のうちがよくわからぬのです。どうにも気が合わぬと仰《おつしや》いますが、それでも血を分けた兄君でございましょう。絆《きずな》が皆無ということはないと存じます」

「……ふむ」

「疎遠であった前の主とお子様がたも、前の主がいまわの際《きわ》には皆揃い、死を悼んでおいででした。海里様におかれましては、命の恩人とはいえ、赤の他人の夏神様をまるで実の兄のように慕っておいでですのに、何故、実の兄上のことは、ああも……」

「まあ、そこはむしろ他人やから、心の内を晒《さら》せるっちゅうことがあるんや」

「そうなのですか?」

「おう。身内やと、近すぎて言われへんっちゅうこともある。複雑やな、人間は」

夏神は笑ってそう言ったが、ロイドはますます不思議そうに首を捻《ひね》った。

「確かに海里様は、夏神様には素直に心の内をお見せになっています。ですが夏神様のほうは、他人の海里様にも、仰れないことが……」

「あ?」

ロイドが不思議に思っているのは、自分の過去を海里に打ち明けないことなのだと気づき、夏神はちょっと困った顔で腕組みした。

「あー、それな。イガ、何ぞ言うとるか?　あいつ、ああ見えて意外と心配性みたいやから」

少し躊躇《ためら》ってから、ロイドは素直に頷《うなず》く。

「たいへん胸を痛めておいでです。……その、しばしば、夏神様がお休みの間にうなされておいでで、とても苦しげなお声が」

「あー……悪い。聞こえてまうわなあ。安普請な家やし、俺かて、たまに自分の呻《うめ》き声で目を覚ますことがあるねん。すまん」

夏神はすまなそうにのっそりと頭を下げる。ロイドは慌てて首を横に振った。

「いえいえ、そのような。海里様はああいうご気性ですから、夏神様がご自分から話してくださるまで待つと決めたら、そのことについては一切、何も仰いません。ですが、とても心配していらっしゃいます」

夏神はしんみりした顔で頷き、今頃入浴中であろう海里がいる二階のほうを見やった。

「あいつは優しい奴やからなあ」

ロイドも、天井を見上げて同意する。

「はい。……やはり今しばらく、お話しにはならないおつもりですか?」

ストレートに問われ、夏神はワイルドな顔を痛そうにしかめた。

「俺はなあ、ロイド」

「何でございましょう」

夏神が何かを告白しようとしているのに気づき、ロイドは姿勢を正す。

「イガには内緒やぞ?」

本当に秘密めかした口調で釘《くぎ》を刺され、ロイドは気取った仕草で一礼した。

「はい、お約束いたします。わたしのことは木の洞《うろ》とでも思《おぼ》し召して、心安くお話しください」

「王様の耳は驢馬《ろば》の耳、かいな」

へっと笑ってから、夏神は酷《ひど》く疲れた顔で呟《つぶや》くように言った。

「俺はなりがでかいから、肝も太いみたいに思われるけどな。ホンマは蚤《のみ》の心臓なんや」

ロイドは眼鏡を外してワイシャツの胸ポケットに入れ、夏神の顔を覗《のぞ》き込んだ。

「夏神様は、さように小さな心臓をお持ちで？　それは、今日《こんにち》まで命を保つのがさぞ大変でございましたでしょう」

「や、のうて。たとえやっちゅうねん。要は、小心者っちゅうこっちゃ」

「ああ、なるほど。それを蚤の心臓と表現なさるとは、何と文学的な！　ですが、夏神様が小心者などと、とても思えません」

妙なところでいたく感心しながらも訝《いぶか》しそうなロイドに、夏神は広い肩を竦《すく》めた。

「せやけど、そうやねん。まだ、怖うて怖うて、過去にけりを付けることができへん。そんな中途半端な状態で、イガに言うてしまうわけにはいかん。あいつは優しいから、あいつ自身が大変なときに、俺のことまで背負おうとするやろ。それはアカンのや」

「夏神様……」

夏神はゆっくりと立ち上がり、途方に暮れた様子のロイドの撫《な》で肩を、肉厚の手のひらでポンと叩《たた》いた。

「せやけど、難儀なことをいっこずつ乗り越えていくイガを見とったら、俺もしっかりせんとアカンと思うとる。せやから……もうちょっとだけ、時間、くれるか?」

ロイドは、こっくりと頷いた。容姿こそ初老の英国紳士だが、その仕草は、時々妙にあどけなささえ感じさせる。

「よっしゃ。せやけど、あんまし俺がうなされてうるさいときは、蹴飛《けと》ばしに来てくれてええからな? ほな、おやすみ」

「おやすみなさいませ」

ロイドから手を離し、夏神は重い足取りで階段を上がっていく。それを見送り、ロイドは誰もいなくなった店内を見回した。

「……ああ」

いつの間にか、しっかり施錠したはずの店の入り口に、スーツ姿の中年男性が立っている。

手にはアタッシュケースを提げ、いかにも会社帰りの体だが、その表情……特に瞳《ひとみ》が酷く虚《うつ》ろで、何よりその小太りの身体は半透明だった。彼の背後にあるはずの引き戸が、はっきり透けて見えているのだ。

「これはこれは、いらっしゃいませ」

ロイドは微笑み、礼儀正しく挨拶《あいさつ》をして頭を下げた。

言うまでもなく、目の前の男は幽霊だ。しかも、付喪神のロイドの目にもかろうじて認識できる程度に気配が薄れているところをみると、彼の迷える哀れな魂は、近いうちに消滅する運命なのだろう。

「もう、朝でございますよ。間もなく、夜が明けます」

既に、意識も希薄なのだろう、ロイドがそう警告しても、男はただ猫背気味に立ち、虚空を見ているだけだ。

そんな男に、ロイドは優しく諭すように語りかけた。

「お仕事帰りに一杯……お客様は、そんな習慣をお持ちだったのですね。ですが、当店はお酒はお出ししておりません。それに、本日は既に閉店しておりまして、よろしければ営業時間内に……」

酒は出していないと聞いた瞬間、無表情だった男の頬が、ほんの少し動いた。そして、ロイドの話を皆まで聞かずに哀愁溢《あふ》れる背中を向けると、すうっと引き戸の向こうへ消えていった。

「失望させてしまいましたねえ。この世から完璧《かんぺき》に消え去る前に、最後の旨《うま》し酒をと願っておいでだったのでしょうか。しかし、この眼鏡では、お力になれません。申し訳ないことでございます」

いかにも残念そうに呟き、ロイドは夏神が座っていた椅子を、きちんと正しい位置に戻した。

引き戸の向こうは、うっすら白み始めている。日に日に朝の訪れが遅くなり、夜が長くなる時期だ。

あの男性の幽霊が営業時間内にもう一度、最後の望みをかけてやってきたら、夏神と海里は酒は出さないというルールを曲げて、自分たちの晩酌用の酒を分けてやるだろうか。

(優しいお二方だ、きっとそうなさる。……この店は、いや、夏神様と海里様は、これまでさまよえる魂をいくつも救ってこられたのだから)

そんなことを考えながら、ロイドはいつも飄々《ひょうひょう》とした彼には似合わぬ、深い溜《た》め息をついた。

そして頭《こうべ》を垂れた彼は、低い声でこう呟いた。

「わたしは眼鏡ですから、神に祈るというのはどういうことか、今もって理解できません。それでも、もし神がおわすなら、どうぞ夏神様と海里様のお心をもお救いくださいませ。ご自分の魂も、大切な方とのご縁も失わぬうちに」

＊　＊

翌日は、夜になって天気が徐々に崩れてきた。

おかげで、開店直後こそ、いつものように夕食を楽しむ人々で賑《にぎ》わったものの、雨が降り始めた午後九時過ぎから、急に客足が鈍くなった。

いつも泰然としている夏神も、さすがにちょっと恨めしげに雨音に耳を澄ませた。

午後十時を少し過ぎた今、入り口の引き戸の上に突き出した庇《ひさし》に、雨がバリバリと大きな音を立てて当たっている。相当な本降りである。

「くそ、じゃんじゃん降っとるな。秋の雨っちゅうは、もう少し風情のある降り方するもん違うんか」

そんなぼやきに、今日の日替わり定食のレシピをノートに書き付けていた海里は、面白そうに笑った。

「んなこと言ったって、降るときは降るよ。夏神さん、ちょい二階で休憩してきたら？」

「んー」

夏神は、低く唸《うな》って客席を見た。

店内にいる客は二組、六人で、既に全員に料理を出し終わっている。この雨足では、しばらく客は来ないだろう。

「せやけど、今日はロイドも眼鏡のままやろ？　ひとりで大丈夫か？」

少し心配そうに問われた海里は、「ガキじゃあるまいし」と苦笑いした。下げた視線の先、エプロンのポケットの中には、眼鏡姿のロイドが入っている。

どうも雨の日は「ヒンジが鈍く痛んで変身できない」らしい。人間が、雨の日に古傷が疼《うず》くと訴えるようなものだろうか。

「いいよ、今いるお客さんには水とお茶を注《つ》ぎ足すだけだし、新しくお客さんが来たら、すぐに呼ぶからさ」

「そうか。ほな、ちょー茶の間でゴロンとしてくるわ。どうも、俺も雨の日はアカン。ろくに仕事しとらんのに、身体が重い」

「そりゃ歳のせいじゃね？」

「アホか、師匠を年寄り扱いすんなっちゅうねん」

スツールに座り、荷物を置く台の上にノートを広げている海里の頭を軽く小突くと、夏神は本当にいつもより少し重い足取りで二階へ去って行く。

(今朝もうなされてたし、寝不足なんじゃないかな、身体が重いって。大丈夫かよ)

口には出せないが心配しつつ、海里は客席の様子を窺《うかが》った。

テーブルに陣取っている、夜間工事現場の作業員とおぼしき男たちは、ガツガツと旨そうにご飯を掻《か》き込んでいる。

カウンターに座っているカップルは、もうあらかた食事を終え、さっきからずっと、先日放送された二時間ドラマの話をしている。

「ほら、殺された女の人に、大学生の弟おったやん？　あの弟、可愛かったなあ。あんまし見ん顔やったけど。誰やったっけ」

そんな女性の言葉に、男性のほうは気のない返事をしている。

「知らんわ。俺とおんのに、他の男の話するってどういうアレやねん」

「そんなん、テレビはテレビやん。この歳になって、芸能人に手が届くなんて思わへんわ。……ええとあの子」

「まだ言うか！」

「ちゃうねん、可愛いだけと違って、演技も上手《うま》かったでって言おうと思って。えっと、里……里中《さとなか》、り……なんとか。確か、ちょっと難しい名前やったわ」

（里中李英《りえい》だって！）

海里はボールペンを握り締め、ウズウズしながら二人の会話を聞いていた。

女性のほうが「可愛い、演技も上手い」と褒めていた「被害者の弟役」の俳優は、海里の弟分、里中李英なのである。

かつて海里と李英は共にミュージカルで鎬《しのぎ》を削り、その後、海里は朝の情報番組に出て料理コーナーを担当するようになり、一方の李英は、小さな舞台の仕事で地道に経験を積んできた。

ずっと芽が出なかった李英だが、二ヶ月前、有名俳優が多数出る大がかりな舞台で重要な役柄を演じ、高評価を得た。以来、徐々にテレビドラマの仕事も増えてきているようだ。

（やったな、李英。あとで知らせてやろう）

こみ上げる誇らしい気持ちで、海里の顔は勝手ににやけてくる。

本当は、李英の名前をカップルに教えてやりたいところだが、ようやくこの店でも「元お料理タレント」ではなく、「イケメンの住み込み店員さん」として扱ってもらえるようになった今日この頃である。

それなのに、昔の仲間自慢を堂々とするのは少し気が引けて、海里は心の中で「李英、みんなに名前覚えてもらえるように、もっと頑張れよな！」と、先輩としての切なる願いを宙に飛ばすに留《とど》めたのだった。

やがて客が皆食事を終え、会計を済ませて帰ってしまうと、店はガランと寂しくなった。

天井の向こう、つまり夏神の自室兼茶の間からは、ごく小さくテレビの音が聞こえてくる。

日頃、夏神はあまり熱心にテレビを見るほうではないから、何の気なしにつけて、そのまま寝入ってしまっているのかもしれない。

「おい、お前は大丈夫かよ、ロイド。二階のスタンドで休んだほうがいいんじゃねえの？　セルロイドは、温かいよか冷たいほうがいいんだろ？」

少し心配そうに海里が訊《たず》ねると、ポケットの中からいつもより弱々しい声が聞こえた。

『おお、なんとお優しいお言葉。大丈夫でございます、確かに溶けるほど、あるいは燃えるほどの熱は困りますが、人肌なればどうということはございません。主《あるじ》のお傍に控えていられますことが、わたしの幸せです』

眼鏡のままでも十分過ぎるほど饒舌《じょうぜつ》なロイドに、海里は早くも辟易《へきえき》してぞんざいに言い返す。

「……つまり、ひとりで寝てるのは退屈だってことだな？」

するとロイドは、大袈裟《おおげさ》にワントーン高い声を出した。

『これはまた、短期間にずいぶんと翻訳能力を磨かれましたな！』

「上から褒めるなっていつも言ってんだろが。ガスコンロでこんがり炙《あぶ》ってやろうか」

『それが我が主の思《おぼ》し召しとあれば、このロイド、謹んで炙られる覚悟にございます。

ただし、大変ご不快な臭気が店内に充《み》ち満ちることと存じますよ？』

「あっ、従者のくせに、ご主人様を脅しやがって！」

『脅すなどと、そんな畏《おそ》れ多い。単なる事実でございます』

「ああ言えばこう言う奴だよな、ホントに。だったら店が終わるまで、フリーザーに放り込んどいてやる」

『ひいいい、我が主がそのような冷酷非道なことを仰《おっしゃ》るとは』

「フリーザーだけに」

『おお、お上手でございます！』

「……あああ、俺、もう終わった。お前のつまんねえ切り返しが移った……！」

『いえいえ、これは大変な高等話術なのでございますよ？　この短期間に身につけられるとは、さすが我が主、優秀でいらっしゃる！』

「そんなことに、優秀でいたくなかった……」

とんだダジャレを口にしてしまったことに、海里が心底落ち込んで両手で頭を抱えたそのとき、引き戸が開く音が聞こえた。

ポケットから落ちそうなくらいの場所まで出てきていたロイドは、再びポケットの奥底へと戻り、海里は新しい客を出迎えるべく、ノートを閉じて立ち上がった。

「いらっしゃいま……あ」

だが、歓迎の挨拶《あいさつ》は、尻切《しりき》れトンボに終わってしまう。

相変わらず強い雨音を連れて入って来たのは、賢木奈津だったのである。

「こんばんは」

強張《こわば》った顔の海里とは対照的に、奈津はニッコリ笑って挨拶をした。その手には傘ではなく、畳んだびしょ濡《ぬ》れの雨合羽《あまガッパ》がある。

海里は思わず、あの夜以来、初めて自分から奈津に声を掛けた。

「まさか、チャリンコで？」

奈津は、さも当然といった顔つきで頷《うなず》く。

「そうよ。だって、朝は降ってなかったんだもの。用心して、職場に雨合羽を置いててよかったわ」

「……ああ、なるほど」

うっかり彼女とコミュニケーションを取ってしまったことを苦々しく思いながら、海里は「好きなとこ、座ってください」と言い置いて、階段に歩み寄った。

「夏神さーん！」

二階に向かって声を張り上げると、「おう」という太い声が返ってくる。声の調子からして、どうやら寝ていたらしい。

続いて、「顔洗ってから行くわ」という声が飛んできたので、海里はカウンターの中に戻った。

いつもなら水かお茶かと訊《き》くべきところだが、冷たい雨の中、自転車を漕《こ》いできたのだし、外はずいぶん肌寒い。最初の一杯は熱いお茶にしようと、海里は急須《きゅうす》に茶葉を入れ……ようとして、唇をひん曲げた。

いつもは決まってカウンターに座る奈津が、何故かいちばん奥のテーブル、しかも壁側に座っているのである。

(何だよ。最初は俺に会いたかったとか言ってたくせに、すっげーあからさまな避け方じゃね？　夏神さんかロイドがいるときは、必ずカウンターで、俺ひとりのときは奥のテーブル……つまり、あっちももう、俺に関わり合いになりたくないってことかよ！)

思わず舌打ちしそうになり、危ういところで思いとどまった海里は、実に乱暴な仕草で急須に湯を注いだ。

考えてみれば、彼自身が奈津と関わりたくないと公言してきたのだから、彼女も海里を避け、ただ食事目的でここに来ているなら、願ったり叶《かな》ったりの展開なはずである。

それなのに妙に苛立《いらだ》ってしまった理由に、海里は思い至れずにいた。

とにかくトレイに湯呑《ゆの》みを載せて、彼はカウンターから出た。

だが、奈津のいるテーブルに近づいたところで、海里はふと立ち止まり、形のいい鼻をうごめかした。

(あれ？　何か臭うな)

それこそ、セルロイドを燃やしたような化学的な刺激臭では決してないのだが、何かが腐ったような、饐《す》えたような、生物的な悪臭がする。鼻が曲がりそうというほどでもないが、かなり不快な臭いだ。

(もしかして、さっきの作業員のオッサンたちが、よっぽど汗掻《か》いてたとかかな。参ったな、こりゃ)

これではとても、気持ち良く食事ができる環境ではない。やむなく海里は、再び奈津に声を掛けた。

「あの、すいません。なんかここ、臭いますよね？　申し訳ないんですけど、よかったらカウンターにでも」

すると奈津は、この店で初めて見せる狼狽《ろうばい》の面持ちになった。

酷《ひど》く決まり悪そうな顔で視線を泳がせ、口ごもりながらも、きっぱり海里の申し出を拒否する。

「う、ううん。カウンターには行けないわ。ここでいいの」

「えっ？」

「ここでいいのよ。だから、気にせず早くあっちへ戻って」

「う……」

(あ? 何だよ、それ! そこまで俺を嫌うなら、いっそ店にも来なきゃいいだろ! つか、夏神さんが来て、カウンターにって言ったら、移動するとか? うわあ、そこまであからさまなことする人だったんだ……?)

奈津を避けつつも、感じのいい人だと評価していた自分を、海里は心の中で「お前の目は節穴か」と罵倒《ばとう》した。

最初の夜に海里に個人的な交流を拒まれて、奈津は腹を立てたに違いない。足繁く通ってきたのは、きっと海里への嫌がらせだったのだ。夏神もロイドもいない今、チャンス到来とばかりに、当てこすりをしているに決まっている。

(執念深いにも程があるだろ!)

そんな憤りが、そのまま顔に出てしまっていたのだろう。

奈津はますます狼狽《うろた》え、半ば泣きそうな顔になって、「違うのよ」と上擦った声を出した。海里のほうも十分過ぎるほど動揺しているので、つい反射的に、きつい言葉を返してしまう。

「何が違うって⁉」

すると奈津は、両手を合わせ、ギュッと目をつぶってはっきりと言った。

「臭いのは、私なの！」

「……は？」

予想だにしない一言に、海里は瞬時に毒気を抜かれ、口をポカンと開ける。奈津はゆっくり目を開け、立ち尽くす海里の顔を上目遣いに見上げた。

「だから、私が臭《にお》いの根源なの。カウンターに移動したら、今度はカウンターが臭くなっちゃう。あああ、もう、ごめんなさい。臭いって順応が……ええと、鼻が麻痺《まひ》するのが早いものだから、そこまで臭いとは思ってなくて。奥まった席なら大丈夫だろうと高を括《くく》ってたの。でもご迷惑になるから、帰るわ」

そう言って半泣きのまま席を立とうとする奈津を、海里は呆然《ぼうぜん》としながらも慌てて宥《なだ》めた。

「あ、いや、今んとこ他にお客さんいないし、臭いもこのテーブル周りだけだから、何とかなるって！　大丈夫だから、落ちついて。いや、お互い落ちつこう」

「ほ……ホントに？　私、まだ鼻が駄目でわかんないんだけど……ホントに大丈夫？」

「大丈夫だから！」

重ねて力説しつつ、海里は奈津の前に、盛大に湯気を立てている湯呑みを置いた。それから改めて、くんくんと臭いを嗅《か》ぎ直す。

確かに、奈津に近づくほど、臭気は増している。海里は、慌てたせいですっかり敬語を忘れていることに気付かず、顔をしかめた。

「これ、何の臭い？ 原因が賢木さんだってわかってて言うの悪いけど、何か……腐りかけみたいな、歯槽膿漏《しそうのうろう》のオッサンの口みたいな……」

すると奈津は、やけに感心した様子で「鋭い！」と言った。

「え？ 賢木さん、まさか歯槽膿漏？」

驚く海里に、奈津はまだ恐縮しつつも、ようやく笑顔になって、かぶりを振った。

「私じゃなくて、患畜の犬！」

「犬!? あっ、そっか。賢木さんは獣医さんだもんな。じゃあ、犬が歯槽膿漏？」

奈津は苦笑いで頷いた。

「そう。今日、物凄《ものすご》く大きなセントバーナード犬の患畜さんが来て、かなり痛い治療を我慢してもらわなきゃいけなかったの。それで院長先生が処置してる間、必死で保定してたら、髪とか首筋とか、あちこちがヨダレでベチョベチョになっちゃって、しかもそれが物凄く臭くて……」

「ぶッ。つまり、犬のヨダレでこんなにくっせーんだ、賢木さん」

あまりの事情に、海里はとうとう噴き出す。奈津は、笑いながらむくれてみせた。

「ちょっと、笑うなんて酷いじゃない。ホントに大変だったのよ、しかも受診受付終了ギリギリに滑り込んでくるし！」

「だって、凄すぎてなんか……あ、すいません。俺、お客さんにタメ口……」

まだ顔に笑いを残しながらも、ハッと自分の失礼ぶりに気付いた海里は、さっきまでのよそよそしい言葉遣いに戻そうとする。

だが今度は奈津が海里を制止する番だった。

「やめてよ、そのままでいいわ。ううん、そのままがいい。あと、どうせもうすぐ賢木じゃなくなるんだから、名前で呼んで。奈津って。私も、海里君って呼ぶから」

「…………」

途端に、海里は難しい顔に戻って黙り込む。奈津は、心配そうに海里の顔を覗《のぞ》き込んだ。

「……やっぱり駄目？　私なんかとは、関わり合いになりたくない？」

「……か」

「うん？」

「俺と関わり合いになりたくなくなったのは、賢木……えと、じゃあ、奈津さん、のほうじゃないですか！」

奈津は、キョトンとして自分を指さす。

「私？　だけど、私はこんなにしょっちゅうお店に来てたでしょ？」

「来てたけど、楽しそうに話すのは夏神さんかロイドで、俺のことはどう考えても避けてたでしょ？　マジで余計な話は一切振ってこなかったし」

海里は、ムスッとした顔で言い返した。声には、さっき感じた苛立ちが甦《よみがえ》っている。

「気付いてたんだ？」

「やっぱり！　あんだけあからさまにやられたら、どんな馬鹿だって気付くって」

「でも、それは海里君も同じだったわ」

「俺は関わり合いたくないって言ったんだから、当然だし！」

「……ふうん」

海里がどこかカリカリして言い返すと、奈津はふふっとちょっと悪い顔で笑った。

海里は、たちまち綺麗《きれい》な形の眉尻《まゆじり》を吊《つ》り上げる。

「あっ、何だよ、その反応」

「作戦、成功」

奈津はチェシャ猫のような笑顔で、ピースサインをしてみせた。海里は、ムッとして奈津を睨《にら》む。

「作戦って？」

「ふふー、たとえば新しい猫をお迎えするときにはね、基本的に何日か、ケージの中で過ごしてもらうの。猫のプライバシーを尊重しつつ、でもケージの外にはしょっちゅう私の姿が見えてるわけ」

「…………」

何故、突然奈津が猫の話をし始めたのか理解できず、海里は怒り顔のまま、相づちも打たずに聞いている。

「そして私の存在に慣れた頃、ケージの扉を開けておいて、猫が自分からケージを出て、私に近づいてくるのを待つの。そうやって、仲良くなるのよ」

ようやくそこで奈津の言わんとすることを理解して、海里は大いに憤慨した。

「ひってー！　俺を猫と一緒にするとか！　じゃあ、わざと俺に構わないようにして、俺がかえって奈津さんのことを気にするように仕向けたってわけ？」

「ふふふ。そのとおり。まさかこんなに予定どおりになるとは思わなかった。きっと海里君は、猫っぽいのね」

「ムカツク！　犬くせえ女に、猫っぽいとか言われたし！」

「私も犬くせえ女とか言われたし！」

二人は互いに睨み合った直後、同時に噴き出した。

そこへ、エプロンを身につけながら階段を急いで降りてきた夏神は、テーブルを叩《たた》いて笑い合う二人の姿にギョッとした。

「マスター、こんばんは」

「お……お、おう、いらっしゃい」

大いに戸惑いながら奈津に挨拶《あいさつ》を返した夏神に、海里は明るい声で言った。

「この土砂降りの中、合羽《カッパ》着てチャリンコ転がしてきたんだってさ。しかも、歯槽膿漏のセントバーナードを抱えてたせいで、超犬臭い」

「……そらまた、お疲れさんで。他にお客さんがおらんでよかったです」

労《ねぎら》いの言葉を奈津にかけながらも、夏神の視線は、海里に向けられていた。

ギョロリとした目には、まだ驚きの色がある。どうにもぎこちなかった奈津と海里の間に、驚くほど柔らかな空気が流れ始めていることに気付いたのだろう。

だが、それは夏神にとっても嬉《うれ》しい驚きである。彼の精悍《せいかん》な顔にはすぐに笑みが浮かんだ。

「さてさて、ほな、雨ん中わざわざ来てくれはった根性に感謝して、旨《うま》いもん作らな」

奈津も、すっかりリラックスした笑顔で夏神に訊《たず》ねる。

「そういえば、雨合羽を脱いで畳むのに必死で、外のボードを見るのを忘れちゃった。今日の日替わりは何ですか、マスター？」

「今日は、メインが海老《えび》入り玉子飯。ほんで副菜が根菜スープと唐揚げ」

手を洗い、さっそく調理を開始しつつ、夏神は立て板に水の滑らかさで答える。

奈津はそれを聞いて、小首を傾げた。今夜は、ギリギリ結べる長さの髪を、後ろで一つにまとめている。

「海老入り玉子飯？　聞いたことないです、そんな料理。卵かけご飯……とは違うのかしら」

「違う違う。さすがに定食屋が卵かけご飯でお代は頂かれへんでしょ。早い話が、海老と玉子を炒《いた》めて飯にかけた奴なんですけど、一貫樓《いっかんろう》の真似ですわ」

夏神は、あっけらかんと白状する。海里は、唐揚げに添えるサラダの用意をしながら説明を補足した。

「一貫樓ってほら、中華料理屋あるでしょ。三《さん》ノ宮《みや》とか鈴蘭台《すずらんだい》とか、それこそこの辺あっちこっちに」

奈津は曖昧《あいまい》に頷《うなず》く。

「あっちこっちにあるんだ。私が行ったことがあるのは三ノ宮だけよ。豚まんが美味《おい》しいって同僚に聞いて、元町《もとまち》の大丸《だいまる》に行ったついでに豚まんだけ買って帰ったの。関東の肉まんと違ってそんなに大きくなくて、食べやすかったわ。あと、タマネギが凄く美味しかった」

海里も懐かしそうに指を鳴らした。

「そう、それ！　タマネギ、すっげー甘いんですよね。関東の肉まん……ああいや、こっちじゃ豚まんって言うんだっけ、俺も好き。で、夏神さんは、そのエビ入り玉子めしってのがダントツに好きなんだって」

「俺、あそこのメニューの中で、エビ入り玉子めしがいちばん好きなんですわ。どうにか、あれを作れるようになりたいて思うて、何年も頑張って、やっとこさ他人様《ひと》に出せる程度のもんになりました。せやけど正直、まだ一貫樓にはかなわへんのですけどね」

　そう言いながら、夏神は殻を剝《む》き、綺麗に洗って臭みを取った海老をフライパンに入れる。熱せられた太白ごま油が海老に触れ、ジュッと小気味良い音を立てて爆《は》ぜた。

カウンターに戻った海里は、冷蔵庫から出してきた密封容器から、調味液に漬け込んだ鶏肉のぶつ切りを二つ取りだした。そこに小麦粉と片栗粉を同量ずつ混ぜたものをまぶしつければ、唐揚げの準備は完了である。

　海里は未《いま》だに揚げ物は任せてもらえないのだが、夏神が炒め物と揚げ物を並行して軽々とこなすのをじっと傍で見守り、タイミングを体得しようとする。

「揚げもんは、音が変わるんを聞き取らなアカン。あと、菜箸《さいばし》で摘《つ》まんだとき、ふっと軽うなった瞬間が引き上げのタイミングや。一瞬やで」

　簡潔に調理のコツを海里に教えながらも、夏神の手は休みなく動く。

　海老にある程度火が通ったら、手早く合わせた調味料を投入し、軽くとろみがついたところで溶き卵と刻み葱《ねぎ》を入れて大きく掻《か》き混ぜ、実にふんわりと炒める。

絶妙のタイミングで海里が平皿に薄く盛ったご飯を差し出し、夏神は玉子が半熟になった瞬間、フライパンの中身を無造作にご飯の上に載せる。

「はい、お待たせ」

「いただきます！」

奈津はれんげを取ると、玉子とご飯をたっぷり掬《すく》い、忙《せわ》しく吹いて冷ましてから口に運んだ。

「あっ、美味しい！　ただ海老と卵を炒めただけみたいに見えたから、味が薄いんじゃないかなあって不安だったけど、結構しっかりした味！」

すなおな歓声を上げた奈津に、夏神は嬉しそうにニッと笑った。

「気に入ってもろてよかったです。……イガ、これも」

カラリと揚がった唐揚げと、根菜とすり胡麻《ごま》がたっぷり入った中華スープを、海里はテーブル席まで運ぶ。

「やっぱり犬くせえ。この臭いを感じなくなるまで嗅《か》いでたってことですよね。すっげー仕事だな、獣医さんって」

よほど空腹だったのか、黙々とご飯を平らげながら、奈津は咀嚼《そしゃく》の合間に言った。

「凄《すご》いのは私たちじゃなくて、患畜さんたち。あの子たちは、どうして自分が具合が悪くなったかもわからないし、獣医に何をされるのかもわからない。ただひたすら、苦しさとつらさ、それに治療の恐怖に耐えてくれるの。そう思うと、頑張らなきゃなって思うわ」

「臭いのなんか、何でもない？」

「何でもない。臭くても死なない」

やけにキッパリそう言う奈津に、海里は尊敬の眼差《まなざ》しを向けた。しかし、ふと思い直した様子でこう言った。

「……なんか、その犬臭さのおかげで、うっかりフッーに喋《しゃべ》っちゃってますけど、俺、兄貴と仲直りとか絶対にごめんなんで、それだけははっきり言っときます。つか、兄貴のほうも、奈津さんが俺と会うの、全然喜ばないと思うし」

すると、反論するかと思われた奈津は、「同感」とアッサリ言った。あまりにも潔い同意に、海里はむしろ唖然《あぜん》としてしまう。

「は？　同感って」

奈津は、滋味溢《あふ》れるスープを一口飲んでから、呆《あき》れ口調で言った。

「あなたに会ってきたって言ったら、一憲さんの機嫌が悪いこと悪いこと」

「……あ、やっぱし」

「ホントに、大人げない。しかも、『あんな奴に二度と会うな！』なんて偉そうに命令するから、言ってやったの。私、あなたの部下でも使用人でも奴隷でもないわよって」

「うわあ……、マジで、あの兄貴にそれ言ったの？」

鬼瓦《おにがわら》のような、角張っていて厳格な兄の顔、まさに塗り壁と表現すべきガッチリした体軀《たいく》、それに大きな拳《こぶし》を思い出し、海里は思わず小さく身震いする。

だが奈津は、不敵に笑って言い放った。

「当たり前でしょ。私、あの人の妻になろうとしてるのよ？　こういうことは、はっきりさせておかなきゃ」

「……見かけによらず、漢《おとこ》やな……」

フライパンを洗いながら、二人のやりとりを聞いていた夏神は、思わず感嘆の呟《つぶや》きを漏らす。

『ほお、さすが我が主《あるじ》のお身内にならんとするお方、何と凜々《りり》しい』

今夜は眼鏡の姿でいることを忘れて、ロイドまで、海里のエプロンの中で声を出してしまう。

「！」

海里は慌ててポケットを押さえたが、奈津は不思議そうにキョロキョロした。

「あれ？　今、ロイドさんの声が聞こえたみたいだけど……そういえば今日はいないわよね？　二階にいるの？」

「いやっ、あ、あいつは今日、仕事入ってないんで！　ほ、ほ、ほらっ、今日、雨で仕事暇だし！」

「……それもそうね。いたら楽しかったのにって願望が、空耳になっちゃったのかな」

幸い、奈津は海里の苦し紛れの説明を疑わず受け入れ、話を再開した。

「そういうわけだから、お互い、一憲さんのことは抜きで、喋ったり会ったりしましょう」

海里は、何とも歯切れの悪い調子で言葉を返す。

「い、いやあ……それ、大丈夫？　さすがに兄貴も、女の子に手を上げたりはしないと思うけど、それでもあの不機嫌、なかなかにきついでしょ」

だが、それに対する奈津の返事も、実に明快だった。

「構うもんですか。せっかく言葉を持っている人間が、話し合うことを拒否してるんですもの。その点において、人間扱いする必要はないわ。なので、私は将来の義理の姉として、可愛い弟のことを知りたいし、仲良くなりたい。迷惑？」

「……ホントに兄貴は抜きで？　奈津さんだけ？　忘れた頃に、いきなり連れてきたりしない？」

「くどい。女に二言はありません」

なお念を押す海里を、奈津はピシャリとやり込める。海里は、まだ少し躊躇《ためら》いながらも、溜《た》め息交じりに承諾の返事をした。

「だったら、いいや。俺も、奈津さんはいい人だと思うし。兄貴はともかく、うちの母親が世話になる人のことは、知っとかなきゃいけない気も……まあ、するし」

正直なところを言えば、そのときの海里は、奈津の言う「会う」という言葉は、彼女がこれまでどおり店に食事にやってくるという程度の意味合いだと思っていたのである。

それならば店も儲《もう》かるし、奈津ともさほどどっこんだ付き合いにもならないだろう。奈津はなかなかに興味深い人物だし、ここで語らう分には、きっと楽しい付き合いができるに違いない、そんな思いもあった。

だが、そんな海里の甘っちょろい見通しは、いとも簡単に打ち砕かれることになった。奈津はニッコリ笑って、こう訊《たず》ねてきたのだ。

「OK、あなたはものわかりがよくていいわ。ところで、ここのお休みはいつ？　やっぱり週末？」

海里は何の気なしに頷《うなず》く。

「うん。土日は休みだけど」

「この週末は、予定が入ってるの？」

「や、別に。天気がよければ、どっか出掛けるかもだけど、まだ何も考えてない」

「じゃあ、何も考えなくていいわ」

「えっ？」

驚く海里に、奈津は相変わらずこけしに似た、すっきりと美しいがどこか素朴な笑顔でこう言ったのである。

「土曜日、私とデートしましょう」

「えっ？　あ、いや、え、それはヤバイから！　デートは兄貴と……」

意外過ぎる誘いに慌てる海里を遮り、奈津はさらりと言い放つ。

「一憲さん、この週末は接待ゴルフなんですって。私、三ノ宮に買い物に行きたいんだけど、ひとりじゃつまらないから。未来の弟として、つきあってくれない？」

「えええ……？」

「義理の姉弟《きょうだい》になるにあたって、お買い物しながら色々話しましょ？」

「いや、それやっぱヤバイって」

万が一、それが兄の一憲に知れたらと思うと、海里の気分は限りなく重くなってくる。

だがそのとき、夏神が助け船を出した。しかもその船は、海里のためというより、奈津のためのものだった。

「まあ、ええやないか。デートはヤバイ言うんやったら、兄貴の代わりに荷物持ちに行ったるっちゅうことにしたらええ」

「そう！　それ！」

奈津も、夏神の言葉にサラリと便乗する。

あの一憲と婚約までしただけあって、奈津は見かけどおり聡明《そうめい》で、かつ、見かけによらず意志強固でもあるようだ。

デートの話は、言い出したら実現するまで引っ込めてくれそうにない。

（また、変な作戦立てられて、それにはまっちまったら、俺、死ぬ程凹《へこ》みそうだし。ここは仕方ないか。いっぺんだけ付き合って、それで勘弁してもらおう）

さっき、まんまと自分が奈津の策にはまって手懐《てなず》けられてしまったというショックもあり、海里としては、さらなるダメージは避けたい気持ちでいっぱいである。

それと同時に、奈津という人物に、どうしようもなく興味を引かれる自分も、確かに存在する。

「ん……じゃあまあ、今回だけ荷物持ちをする。だけど、いつも付き合うなんて約束はしないから！」

二対一で押され、しかもエプロンのポケットの中では、「行ったほうがいい」と言わんばかりに、ロイドがピョコピョコと動いている。

もはや白旗を揚げる心境で、海里はやむなく承知した。奈津は、嬉《うれ》しそうに笑う。

「ありがとう！ 大丈夫、持てないほどは買わないし、そんなに遅くもならないわ。お茶も、ちゃんとご馳走《ちそう》する！」

「……はいはい、そりゃどうも」

ゲンナリと応じる海里の様子に、奈津と夏神、それにポケットの中のロイドも、こっそり可笑《おか》しそうに笑った……。


そんなわけで、二日後の土曜日、約束の午後一時より三十分も前に、海里は待ち合わせ場所のJR芦屋駅改札前に到着した。

海里の家、つまり「ばんめし屋」からは阪神芦屋駅が至近だが、奈津のマンションからはJRの駅がいちばん近いらしい。男としては、たとえ自分のほうが年下でも、女性に便宜を図るべきだと考えたのである。

早く着きすぎたのは、芸能人だった頃の癖だ。

朝の生放送番組に出ていた彼にとって、遅刻は即、芸能界追放を意味した。

そのせいで、アラームをセットすると、だいたいそれより早く目が覚めてしまうという、どうにも呪われた体質になってしまったのである。

それは、芸能界を去ったあとも治っていなかったらしい。

今朝も早々と目が覚めてしまい、おかげでどれだけゆっくり服を選び、ブランチを食べてから家を出ても、この始末である。

（これってまるで、初デートでウキウキの高校生みたいじゃねえか。恰好《かっこ》悪いぞ）

改札前には、旅行代理店がパンフレットやチラシをズラリと並べている。

適当に手に取ったパンフレットをめくりながら、海里は心の中で自分をくさした。

小一時間悩んで決めたにもかかわらず、今日、彼が着ているのは、一見、どうということもない黒いタイトなジーンズに横ストライプのシャツ、そしてミリタリー風だがカッティングが綺麗《きれい》なステンカラーコートである。

実にカジュアルなコーディネートだが、どのアイテムも、まだポピュラーではないが、ジワジワと話題に上り始めた新しいブランドのものである。見る人が見れば、感嘆の声を漏らすことだろう。

それらはすべて、海里が芸能人だった頃に、番組で着た衣装をスタイリストから買い上げたものだ。

当時は、なかなか街を自由に歩き回るというわけにもいかなかったので、服はそんな手段で手に入れることが多かった。

芦屋に来てからは、こんな高価な服に袖《そで》を通す機会はなかったので、久々のお洒落《しゃれ》に、多少の緊張すら覚える。

『楽しみでございますねえ、海里様』

コートの胸ポケットの中から、ロイドが小声で囁《ささや》きかけてくる。ヨーロッパ周遊十日間というページを眺めながら、海里は小声で言い返した。

「ただの荷物持ちの、何が楽しみだよ。っていうか、何でお前が一緒に来るわけ？」

それに対するロイドの返事は、実に彼らしいものだった。

『従者が主《あるじ》から離れないのは、当然のことでございます。それに加えまして、いざというとき、お二方の間に、やましいことが何もなかったことを、証言できる人物が必要でございましょう？』

「……いや、お前、どうやって証言する気だ？　隠れて見守ってましたじゃ、どう考えてもストーカーだぞ？」

『はっ。それを考えておりませんでした』

「だろうな。まあいいや、大人しくしとけよ？」

『それはもう、動かざること山のごとし、喋《しゃべ》らざること言わ猿がごとしでございますよ』

「……はいはい。ザルだの猿だの多すぎだけどな」

実に適当にロイドの饒舌《じょうぜつ》を受け流しながら、海里は片っ端からパンフレットを取っては眺め、ひたすら時間を潰《つぶ》した。

ところが。

約束の時間が来ても、そこからさらに三十分が経過しても、ついには一時間経っても、奈津は待ち合わせの改札前に現れない。

動物病院に急患でも運び込まれたのかと何度か彼女のスマートホンに電話とメールで連絡を試みたが、呼び出し音は鳴るものの応答はなく、メールの返信もない。

これまた芸能人時代の癖で、待ち時間がやたら長いのには耐性のある海里だが、さすがに二時間待ったところで堪忍袋の緒が切れた。

「何だよ、あんだけ強引に誘っといて来ないとか、これも作戦だっていうなら、絶対許さないからな！」

ドスの利いた小声でそう言って、海里は中国パックツアーのパンフレットを乱暴に元の場所に戻した。そして、南側の階段に向かって歩き出す。

すぐにオロオロした様子で、ロイドが声をかけてきた。

『我が主、どうなさるので？』

「決まってんだろ、帰る」

『ですが、奈津様は……』

「知るかよ。俺はもう、十分過ぎるほど待った。ブチ切れても、全然おかしくないだけ待った！」

『は、それはもう。ですが、あるいは奈津様にもアクシデントが……』

「あったかもしれないけど、大人なら、待たせてる相手に連絡くらい入れる。やっぱ、兄貴の彼女だけあって、ああ見えてけっこう非常識なんじゃねーの？」

『うう……そうでございましょうかね……』

海里の声の険しさに気圧《けお》されたのか、はたまた弁護の余地がないと思ったのか、ロイドはそれきり黙り込む。

うっかりほだされて外出のお供を引き受けたばかりか、気合いを入れてお洒落までしてきた自分の間抜けぶりを力いっぱい呪いながら、海里は荒々しい足取りで、来た道を引き返した……。

三章　すれ違い続けて

その夜、午後十時過ぎ。

「ったく、マジ何なんだよ！」

今日、すでに二十回以上聞いた「何なんだよ」のフレーズに、ボルダリングシューズの手入れをしていた夏神は、苦笑いで傍らを見た。

「何や、さっきまで台所でゴソゴソ料理して、憂さ晴らしができたん違うんか？」

「あんなちょっとした作業、憂さ晴らしにならねえよ。しかもあれは、ヤケ食い用！」

昨夜《ゆうべ》、出したばかりのこたつに腹まで入り、二つ折りの座布団を枕に寝転がったまま、海里は夏神に言い返す。

「ヤケ食いの準備を自分でするて、そらまた涙ぐましいなあ」

「うっせえ。だって酷《ひど》いだろ！　あんなに強引に、買い物に付き合えって人のスケジュール押さえといて、来ないんだぞ？　俺、あの妙に薄ら寒い改札前で、二時間も待ったし！　馬鹿みたいじゃん」

やわらかそうなシューズに真新しい靴紐《くつひも》を通しながら、夏神は、休日だけ無精髭《ぶしょうひげ》がそのままになっている浅黒い顔に、ちょっと意地悪そうな笑みを浮かべた。

「へいへい。それもさんざっぱら聞いたっちゅうねん。せやけどお前、デートをいっぺんすっぽかされたくらいで、そないに荒れるてどないやねん。アレか、元イケメン俳優様は、女の子に袖にされたんが、そないに屈辱か?」

すると、海里の涼しい顔はますます険しくなる。

「屈辱とかじゃねえよ。そもそも、今日のは正確にはデートじゃないし! ただ」

「ただ、何や?」

海里は膨れっ面で、夏神のほうにごろんと寝返りを打つ。

「デートじゃないけど、女の子……いや、奈津さん、きっと俺よか年上だから、女の人って言うべきなのかな。まあいいや、とにかくプライベートで女の子と二人きりで出かけるなんて、高校以来だったんだよ! ああ、まあ、ロイドもいたけど、眼鏡でいるときはカウントしなくていいだろ」

それを聞いて、夏神は意外そうに目をパチクリさせた。

「待て待て。今、デートは高校以来っちゅうたか?」

海里は膨れっ面で頷《うなず》く。

「言ったよ。だって高校卒業してわりとすぐ上京したし、そっからはずっと、事務所命令で恋愛禁止だったもん。それは前にも言ったことあるだろ？」

「確かに聞いた気がするなあ。せやけど、本格的な恋愛やのうても、ちょっとええなって思う女の子やら単なる女友達やらと、一緒に出掛けるチャンスはあったん違うんか。こう、ただの飯くらい……」

「ないない」

海里は投げやりに片手を小さく振った。

「東京は、隅から隅まで人が多すぎるんだ。どこ行っても、どんだけ注意して変装しても、誰かに見つかる」

「誰かって、こないだみたいな芸能記者か？」

「だけじゃないよ。そこいらじゅうにいる普通の人たちが、芸能人を見つけた瞬間、アマチュア芸能記者に変身しちゃうんだ」

「っちゅうと……」

「プライベートな会話を右から左へツイッターで実況されたり、ツーショットを盗撮されてネットに流されたり、買ったものや食ったものを店のスタッフにバラされたり、もうあいつら、やりたい放題だよ」

「うお、何やそれ。えげつないな」

酸っぱい梅干しを口に放り込まれたような顔をして、夏神は呻《うめ》く。海里は寝たまま、器用に片方の肩だけを竦《すく》めてみせた。

「だよ。いったんネットに出た情報は、それがホントでも嘘でもあっという間に広がって、絶対にもみ消せない。相手の女の子がただの友達でも、酷いときには大勢で食事に行ってても、カップルっぽいツーショット写真を一枚撮られただけで、深夜の密会だの、熱愛だのってでっち上げられて、大変な目に遭う」

夏神は斜めストライプ模様の靴紐を慎重に引っ張ってテンションを確かめながら、気の毒そうな視線を海里に向けた。

「そらあ、これまで聞いとった以上に窮屈やなあ。確かにどんな理由でも、女の子と二人で出かけるっちゅうんは無理そうや」

「マネージャー以外はマジで無理。だから東京にいたときは、最後の最後でしくじるまでは、女の人と二人きりってシチュエーションを作らないように滅茶苦茶用心してた。自分だけじゃなく、相手も厄介なことになるしな。……で、こっちに戻ってからは別の意味で、デートなんて気分にはとてもなれなかったし。ついこないだまで俺、ちょっとした脱走犯みたいな立ち位置だったじゃん？」

ようやく海里が言わんとすることを理解した夏神は、作業の手を止めて、海里の顔をまじまじと見下ろした。

「なるほど。ほなお前、ホンマに直近のデートは高校時代か。イケメン高校生やった頃は、どないなデートをしとったんや？」

からかい口調で問われ、羞恥《しゅうち》と悔しさにうっすら頬を赤らめつつも、海里は正直に答えた。

「別に、どうってことないよ。高校んときは、金持ってなかったからさ。バイト代をちまちま貯めて、たまに当時の彼女と映画行くとか、ＵＳＪ行くとか、カラオケ行くとか。普段はコンビニの前でアイス食うとか、そのくらいだったなー」

「お、そのときは彼女がおったんや？　取っ替え引っ替えか？」

「ばーか、んなわけねえよ。高二のときから卒業ちょい前くらいまで付き合ったかな、同じクラスの子だった」

「ほお。お前、なかなかに一途《いちず》やな」

「それがフツーだろ、フツー。けどうち、兄貴が門限を六時に決めててさあ。小学生みたいにさっさと帰らなきゃいけなかったし、面白くなかったんだろうな。大学には行かないって言った時点で、向こうから別れようって言ってきた」

「おう……女子は現実見据えとるからな。男前なだけではアカンかったか」

「男前なだけって！」

たちまち目を吊《つ》り上げ、ガバッと起き上がった海里を、夏神は靴を持っていないほうの右手で、まあまあと宥《なだ》めた。

「いや、お前は性格もええよ。せやけど、やっぱし若い女の子は理想も高いからな。男は顔よし、頭よし、気立てよし、将来の展望よしでないとアカンの違うかと」

「だよなあ。俺は上手《うま》くいってると思ってたけど、あっちはさっさと俺に見切りをつけてたんだよな。……ああ、何でこんな話になってんだよ。余計に凹《へこ》むだろ！」

立っていたら確実に地団駄を踏んだであろうテンションで、海里は憤慨する。夏神は、笑いながら話題を戻した。

「すまんすまん。せやけど、デート言うても、兄貴の婚約者やろ。お前、ややこしいん嫌いやし、すっぽかされたほうが逆にホッとするん違うかと思ってたんやけどな」

「だってさあ、兄貴の婚約者だから気が楽ってとこがあるじゃん」

「気ぃ楽？」

海里は背中をだらしなく丸め、細い顎《あご》をこたつの天板に載せ、もそりと頷いた。

「万が一、また街中で『あっ、五十嵐カイリだ〜』って顔バレすることがあっても、『未来の義理の姉貴です』ってすぐ答えられるし、事実だし。おまけに奈津さんはいい人だから、それなり楽しく過ごせるだろうなって思ってたんだよ、俺は」

「はあ、なるほどなあ」

手慣れた様子で再び靴紐を通しながら、夏神はニヤニヤした。

「せやから実は内心、めっちゃ楽しみにしとったと。それを反故《ほご》にされて悔しゅうて腸《はらわた》が煮えくりかえると、そういうこっちゃな！」

「そこまでじゃない！　でも、説明もなく休日潰《つぶ》されて、怒らない奴なんかいないだろ？」

「まあ、なあ」

いつもの適当な相づちを夏神が打ったところで、こたつは今一つ苦手らしく、畳の上に体育座りで二人の会話を聞いていたロイドが、控えめに口を挟む。

「ですが、海里様。わたし思うのですが、もしや奈津様に何かアクシデントがあったのでは」

「だーかーらー、何度も言ってるだろ？　何かあって行けなくなったら、普通は約束してる相手にメールの一通くらい送るよ」

「ですから、連絡が取れないような……たとえば事故や急病などが」

「おい、縁起でもないこと言うなよな」

その可能性はあまりにもテレビドラマ的過ぎて、考えていなかったのだろう。海里はギョッとした顔でロイドを見る。

夏神も、少し心配そうな面持ちになった。

「そういうことも、あるかもしれへんぞ。あの人、そない無責任な人には見えんかったしな」

「いや、そんな……」

さすがに少し不安げな様子で海里がこたつの上に置いたスマートホンを見たとき、インターホンが鳴った。

普段は店の入り口を開けてあるので、インターホンが使われるのは、週末だけだ。しかも、そのほとんどは配達業者なので、この時間帯にインターホンが鳴ることはまずない。

三人は思わずビクッとして、顔を見合わせた。

「あ、俺出るわ」

海里は身軽に立ち上がり、階段を駆け下りた。旧式のインターホンなので、カメラどころか、マイクもスピーカーもついていないのだ。

「はいはい、ちょっと待ってくださーい」

警察署の隣にある店に、堂々と押し入る強盗はいないだろう。そんな気安さから、海里は誰何《すいか》することもなくガラリと引き戸を開けた。

しかし次の瞬間、海里の顔は凍り付いた。

いかにも所在なさそうに立っていたのは、さっきまで話題になっていた奈津その人だったのである。

しかも、奈津は明らかに憔悴《しょうすい》していた。

顔はやつれて血色が悪いし、ファンデーションもあちこちはげ落ちている。両目は真っ赤に充血しており、髪には悲惨なほどの癖がついていた。

服装だけはきちんとしているが、さもなければ、路上でとんでもない犯罪に巻き込まれたのかと大慌てするところだ。

実際、海里は怒るのも忘れ、奈津のために脇へどいた。

「ちょ、奈津さん？　何？　あっ、は、入りなよ、とにかく！　ほら！」

「……お邪魔、します」

小さな声でそう言って、奈津は酷《ひど》く緊張した様子で店に入ってきた。

引き戸を閉め、とりあえず施錠した海里が振り返った瞬間、彼女は、自分の膝《ひざ》に額を打ち付けるのではないかと思うほどの勢いで、深々と頭を下げた。

「今日は、本当にごめんなさい！　私、海里君に最低なことをしてしまった」

「あ……あああ」

海里は曖昧《あいまい》な声を漏らす。

正直、今日のことで奈津から謝罪の連絡があっても、海里は完全に無視するつもりでいた。

いくら好ましいと思っていても、やはり兄、一憲の妻になろうとしている人物だ。一憲と不仲である以上、奈津と仲良くなっても、話がややこしくなるだけだろう。これで縁が切れるなら、そのほうがいいのかもしれない。

海里はそんな風に、自分を納得させようとしていたのだ。

だが、常ならぬ状態の本人が現れてしまった以上、何も訊《き》かずに追い返すことなど、海里にはとても出来ない。

「ああ、くそ。とにかく座りなよ」

「でも」

「いいから!」

躊躇《ためら》う奈津を、半ば無理矢理カウンター席に座らせ、海里自身はカウンターの中に入った。お茶くらいは出すかと、やかんに水を入れ、火にかけてから奈津の前に戻ってくる。

「そんで? 何かあったのは見ればわかるけど、とりあえず大丈夫?」

「……私はね」

奈津はこっくりと頷《うなず》く。海里は、眉《まゆ》をひそめた。

「私はって、誰かが大変だったってこと?」

奈津は、カウンターの上で両手の指を軽く組んだ。

「海里君との待ち合わせ場所に行こうとしたら、目の前で、猫が車に撥《は》ねられたの」

「げっ」

海里は思わず顔を歪《ゆが》める。具体的に説明されなくても、光景は容易に目に浮かんだ。

「あっ、そっか。奈津さん、獣医だもんな。もしかして……」

瞬《まばた》きで頷いて、奈津は深い息を吐いた。

「車はそのまま走って行ってしまって、猫は道路に倒れて動かなかった。慌てて駆け寄ったら、明らかに酷い状態だったけど、まだ息があったの。見るからに野良猫だった。だから院長先生に連絡して、うちの病院に運んだわ」

「……うん、そんで？」

やかんがシュンシュンと湯気を噴き出し始めたので、ガスコンロのほうへ移動しながら、海里は先を促した。

カウンターの奥の、調理器具に布を掛けたあたりをぼんやりと見ながら、奈津は話を再開する。

「院長先生が学会でお留守で、病院には診療補助の学生さんがひとりいるだけだった。だからその子に手伝ってもらって、とにかくルートを確保……あ、つまり、まずは命を繋《つな》ぐ処置をしてから、レントゲンやエコーで状況を確認して、緊急手術を始めたの」

そこまで言ってから、奈津は肩をすぼめ、お茶を淹《い》れている海里を申し訳なさそうに見た。

「言い訳のしようもないんだけど、猫が撥ねられた瞬間に、海里君のことが頭から吹っ飛んでしまって……」

「酷《ひで》ぇなあ」

ほうじ茶を湯呑《ゆの》み二つに注《つ》ぎ分けながら、海里は小さく笑って大袈裟《おおげさ》にそう言った。

奈津は、ますます済まなそうな顔になる。

海里は慌てて言葉を継いだ。

「や、そんな泣きそうな顔すんのは反則だって。冗談だから！」

「でも、ホントに酷いことしたと思う」

「んなことない。獣医さんはそうでなきゃ嘘だよ。俺は待たされたって死ぬわけじゃないけど、猫はすぐ何とかしなきゃいけない状態だったんだろ？」

「……うん。でも、ごめんなさい。最低だわ。自分が誘っておいてすっぽかすなんて」

「って、俺も実はけっこう怒ってたんだけどさ、五分くらい前まで」

「うん」

「だけど、事情を知ったら怒り続けられないよ。そりゃ確かに非常事態だわ。……なあ、そんでその猫は？」

奈津は、ゆっくりと首を横に振った。

「内臓が高度に損傷していて、それでも何とかなるかもって望みをかけて手術を始めたの。実際、手術はできたし、その後もかなり頑張ってくれたんだけど、駄目だった。院長先生も電話でアドバイスや指導をしてくださったし、野良猫でも、命さえ助かれば、あとはゆっくり里親を探せばいいって言ってくださったんだけどね」

海里は「そっか」と、自分も沈んだ声で言って、奈津の前に湯呑みを置いた。

「残念だったな、ってのは何か凄《すご》く薄っぺらいけど、他に言葉が見つからねえわ。そんで、猫の……その、死骸《しがい》、は？」

「補助の子がね、明日《あした》、動物霊園に自分のペットのお参りに行く予定だったんですって。だから朝イチでそこに連れていって、火葬して共同墓地に入れてあげますよって言ってくれたの。それで、お金と一緒に託してきた」

「そっか。なんてーか……マジでペラペラに薄い言葉でごめん」

海里は戸惑いがちに頭を掻《か》き、言葉を探しながら口を開いた。

「その猫が、生まれてからどんな生活をしてきたかわかんないし、車に撥ねられるなんて、酷い死に方だと思う。それこそ、轢《ひ》き逃げした奴は、同じ目に遭えばいいって思うくらい」

「……うん」

「でも、そうやって最期に必死になってくれる人がいて、ちゃんと看取《みと》ってもらえて、幸せとまでは言えないかもだけど、悪くないとは思ったんじゃないかな」

「そう、思う?」

「俺が猫だったら、たぶんそう思う」

「……そっか」

小さく微笑むなり、奈津の目からは大粒の涙がポタポタとカウンターに落ちた。湯呑みの中にも一粒落ちた涙が、お茶の表面をささやかに揺らす。

「わっ、な、奈津さん」

目の前で女性に泣かれた経験があまりないだけに、海里は動転して、周囲に視線を彷徨《さまよ》わせた。

咄嗟《とっさ》に目についたキッチンペーパーを、勢い余って一メートルほどもむしり取り、塊のまま両手で奈津に差し出す。

「こ、これっ!」

「……ぷっ」

あまりにも大量のキッチンペーパーを鼻先に突きつけられて、一瞬面食らった奈津は、グシャグシャに泣き崩れた顔のまま、思わず噴き出した。

海里も、自分のやったことの滑稽《こっけい》さに気づき、赤面する。

「や、だ、だって! 俺が泣かしちゃった、ヤバイって思って」

「……ありがと。そうだけど、そうじゃないの。これは、半分嬉《うれ》し涙だから」

奈津は受け取ったキッチンペーパーをリーズナブルな長さにちぎり直し、涙を拭《ぬぐ》いながらそう言った。海里は、赤い顔のままで怪訝《けげん》そうに問いかける。

「嬉し涙？　しかも半分？」

すると奈津は、涙声でこう説明した。

「もう口を利いてくれないかと思ってた海里君が慰めてくれたことが嬉しいから、その分は嬉し涙」

「じゃあ、残りの半分は？」

「うーん……何だろう。苦し涙、かな」

「苦しい？　猫が死んだから？」

海里の質問に、奈津は曖昧《あいまい》に頷いた。

「もしかしたら、私のしたことって、自己満足なんじゃないかと思うの」

「自己満足？　したことって、手術とか、他の治療とかのこと？」

怪訝そうな海里の問いかけに、奈津は今度ははっきり頷く。

「助かる見込みの薄い子に、あれこれ処置をして命を長引かせることは、結局私の自己満足で、動物を苦しめてるだけじゃないかってこれまでも思うことがあって」

「だけど、今日は万が一にも助かる可能性があるから、やったんだろ？　だったら悔やむことはないじゃん。ベストを尽くしたんだし」

海里は少し咎《とが》めるような口調になってしまったことを内心後悔したが、奈津はそれを気にする風もなく頷《うなず》いた。

「勿論《もちろん》、そうよ。でもやっぱり、命の線引きって難しい。ペットの場合、最終決定は飼い主さんに委《ゆだ》ねるけれど、今日、あの子を手術するって決めたのは、私自身だから。手術さえしなければ……安楽死を選択しておけば、長時間苦しめることはなかったと思うと、やっぱりつらい」

もはや相づちも打てずに奈津の話に聞き入っていた海里は、彼女が話をやめ、女性にしてはずいぶん潔く洟《はな》をかんでから、考えつつ口を開いた。

「俺、ペットを飼ったことがないし、父親が死んだときは凄く小さかったから何も覚えてなくて、実際、自分に物凄く近い生き物が死ぬって、経験したことがないんだ」

湯呑みを両手で持ち、熱々のほうじ茶を啜《すす》りながら、奈津は小さく頷く。

「誰かの命をどんな風に終わらせるかなんて、そんなおっそろしいことを自分で決めたことも、一度もない。だから奈津さんの言ってること、まんま理解するのは無理だ」

「うん。それはわかってる」

「それでも俺、言いたいことがあってさ」

「……何？」

促されて、海里は少し照れ臭そうに、ステンレスの調理台を指先で叩《たた》きながら言った。

「俺、何もかもなくして、兄貴にも実家を追い出されて、ついでに変な奴等に絡まれてボッコボコにされて、あ、マジで死ぬなっていうギリギリのタイミングで、夏神さんに助けてもらったんだ」

「ええ」

婚約者の冷たい仕打ちにさらりと触れられて、奈津は複雑な面持ちになる。だが海里は、それを意に介さず話を続けた。

「つまり、夏神さんは命の恩人なわけ。それなのに俺、夏神さんをちょっと恨んだんだよ。このまま死ねたら楽だったのに、余計なことしやがって、って」

「…………」

「そんときに夏神さんがさ、ニヤッと笑って、『今回は諦《あきら》めて生きとき』って言ったんだ。自分でもビックリするくらい嬉しかった。いや、そんときは自分が嬉しいって気付いてなかったけど、後からジワジワ来た」

奈津はまだ濡《ぬ》れた目を見開いて、海里の顔を見上げる。海里は思い出し涙をこらえるような、何ともぎこちない笑みを浮かべた。

「誰かが生きろって言ってくれるのは、こんなに嬉しいことなんだって、そのとき初めて知ったよ。お前が必要だとか、そんな重たいことじゃなくてさ。ただ『生きてていいよ』って言ってもらえるのは、それだけですっげー許されたって気がする。あったかい気持ちにもなれる。だから俺、奈津さんの判断が正しかったかどうかはわからないけど、猫に生きてほしいって願ったことだけは、間違ってないと思うよ」

「……ううう」

変な声を出したと思うと、奈津はまた、驚くほど瞬時に大泣きし始める。

「や、ちょっと！　もうやめてそのリアクション！　俺が死にそうになるから！」

今度は海里の手からキッチンペーパーを丸ごと奪い取り、奈津は自分でミシン目二つ分ほど素早くちぎると、顔全体を覆った。

「だ、だって……海里君が、あんまり嬉しいこと言うから……っ」

嗚咽《おえつ》の合間に非難めいた口調で言われて、海里はその場でオロオロと足踏みする。

「や、悪いの俺⁉」

「違う、今度は百パーセント、嬉し涙。……ありがと、ホントに」

顔を覆ったままで、それでも奈津は感謝の言葉を口にする。その声が、涙に湿っていても、店に来たときよりずっと生気に満ちていることに気づき、海里はようやくホッとした顔になった。

「お、嬉し涙大増量。……そんじゃまあ、よかったけど」

「私も、来てよかった。猫が死んじゃってから海里君との約束を思い出して、血の気が引いて……。でも、メールとか電話とかじゃとても済ませられないから、勇気を出して、駄目元で謝りに来たの。海里君が会ってくれて、よかった」

奈津からキッチンペーパーを受け取り、海里はふと思い出したように「あ」と言った。

「それよか奈津さん、飯食った？　連絡を忘れるくらいだから、もしかして長い間、飲まず食わずなんじゃない？」

海里に問われ、奈津は小さな声で「そっちもすっかり忘れてた」と答えた。海里は驚いて、壁掛け時計を見る。時刻はもう、午後十一時になろうとしていた。

「駄目だろ、そんなの。今、何か適当に作……」

「いい。食欲ないから」

「わかるけど、こういうときこそ食わなきゃ駄目だよ。ええと」

涙声で食事を拒否され、必死で頭を回転させた海里は、ポンと手を打った。

「あっ、じゃあせめて、俺の元ヤケ食いにお相伴するってのは？」

「お相伴？　っていうか、元、ヤケ食い？」

不思議そうにオウム返しする奈津に、海里はさすが元芸能人らしき完璧《かんぺき》なウインクで応じる。

「待ち合わせをすっぽかされた憂さ晴らしのヤケ食いをしようと思って、好きなもんをがっつり作ってたんだよ。ちょうどよかった。ちょい待ってて」

そう言うなり、奈津に断る隙を与えず、海里は冷蔵庫を開けた。

取りだしたのは、わりに高さのある缶と小さめのボウル、そしてキーウィが一つと苺《いちご》が数粒だった。

「……ヤケ食いの原因が私なのに、お相伴していいの？」

まだ少し躊躇《ためら》いがちに、奈津は訊《たず》ねた。海里は、へへッと笑って「いいよ」と即答した。

「理由がわかったからもう怒ってないし、ヤケ食いの必要もなくなった。だから、元ヤケ食い。つまり、常識的なポーションの夜のおやつにつきあってよ、って意味」

「夜のおやつ？」

「そ。すぐ出来る」

そう言いながら、海里は苺とキーウィをごく小さく刻み、缶を開けた。

缶の中から取りだしたのは、ライチのシロップ漬けである。

「んー、ちょっとだけ風味つけてみるかな」

シロップを舐《な》めて味を確かめた海里は、冷蔵庫に入っていた飲みかけの白ワインをほんの少しシロップに垂らした。

小振りのガラス容器にシロップを浅く張り、そこに刻んだ苺とキーウィ、半切りにしたライチを入れて、さらにボウルの中身をスプーンで大きく掬《すく》ってそっと加える。

「ほい、お待たせ」

「これ、杏仁《あんにん》豆腐？」

まだ目は赤いものの、待っている間に少し気持ちが落ちついたらしい。奈津は目の前に置かれたガラス容器を顔の前に持って来て、しげしげと観察した。

確かに、透明なシロップにフルーツと共に入っているのは、真っ白なプリンか豆腐のような食べ物である。

だが海里は、かぶりを振った。

「そんな凝ったもんじゃないって。ふわとろミルクプリン、杏仁豆腐風でーす。ほら、甘いものは別腹って言うでしょ。飯食えないくらい疲れてても、これなら食えるかなって。カロリーも確保できるしね。……そこの聞き耳野郎どもも食うだろ？」

海里は不意に、階段のほうに向かってぶっきらぼうに声をかける。

「……ばれとった」

「さすがは海里様」

階段の中途あたりでじっと二人の会話を聞いていた夏神とロイドが、頭を掻《か》きながら現れる。奈津は、笑い泣きの表情になった。

「やだ、二人ともいたんだ」

「申し訳ありません、奈津様。もしやご病気か事故でもと案じておりましたので、つい」

「つい」

「……夏神さん、ロイドに便乗して言い訳にラクしすぎ。ほら、座れよ」

声をかける前から四人分用意していた海里は、夏神とロイド、それに自分の分をトレイに載せて、フロアに出てくる。

奈津はカウンターに座ったままだが、他の三人は、奈津にほど近いテーブルに座り、海里が作ったミルクプリンを味わうことになった。

「凄《すご》い、ホントにふわとろ。それなのに、全然しつこくない」

ひと匙《さじ》口に入れるなり、奈津は驚いた声を出した。ロイドと夏神も、大きく頷《うなず》く。

「おお、これはまことにひんやりさっぱりと、美味《おい》しゅうございますねえ」

「ホンマやな。こら、いけるわ。うちのデザートで出したいくらいや」

皆に褒められて気をよくした海里は、笑顔で請け合った。

「いいよ。生クリーム使ってねえし、ギリギリ固まるだけしかゼラチン使わないから、原価も安い。店で出すなら苺はちょっときついけど、まあそこは他のフルーツでもいいしさ」

「おー、それやったら、希望するお客さんにサービスで出してもええな、マジで」

新しいアイデアに、夏神は上機嫌でうむうむと頷きながらプリンをシロップごと綺《き》麗《れい》に平らげる。ほとんど飲み物感覚であるらしい。

食欲がないと言っていた奈津も、予想外の爽《さわ》やかなスイーツにスプーンの動きが止まらない。その顔には、弱々しいながらも、ようやくいつもの笑みが戻ってきた。

「ありがと、海里君。ホントだわ。何も食べられないと思ってたけど、これなら食べられた。それに、甘いものを食べたら、元気が出てきた気がする」

「マジで？　だったらよかった。怪我の功名って奴だよな」

照れ笑いでそう言ってから、海里は奈津に何げない調子で問いかけた。

「奈津さん、明日《あした》は休み？」

奈津は頷く。

「昼前に入院してる患畜さんの様子をちょっと見に行くけど、今はそこまで大変な子がいないから、あとはお休み」

それを聞いて、海里はやはりサラリとこう言った。

「そんじゃ、今日の埋め合わせに、明日は俺につきあってもらおうかな」

「海里君に？」

目を見張る奈津に、海里は空とぼけた風を装って言った。

「そう。俺、予定はバッチリ実行できないと嫌なほうなんだよね。だから明日は、今日と同じ時間、同じ場所からスタートして、三ノ宮へ行って、同じ用事をこな……したいけど、何するつもりだったかは、奈津さんしか知らないだろ？　だから、付き合ってもらわなきゃ」

「……あ」

実にわかりにくい言い方ながら、「明日、もう一度付き合う」と言われていることに気づき、奈津は泣き笑いの顔になる。

「海里君……」

「あ、もう泣くのなし！　で、付き合ってくれるの、くれないの？」

両手を突きだしておどける海里に、奈津は大きく頷いた。

「謹んで、付き合わせていただきます！　それにプラスして、お夕飯も奢《おご》らせて」

「やった！　久々の外食！」

思わずガッツポーズを作る海里と、そんな海里に感謝の言葉を伝える奈津を微笑ましく見守りながら、ロイドは夏神に身を寄せ、囁《ささや》いた。

「夏神様。つまり、明日は海里様からお誘いになったということで、正真正銘のデートでございますなあ」

夏神も、ヒソヒソ声で同意する。

「せやな」

「むむ、これは未来の義姉上《あねうえ》と間違いが起こらぬよう、不肖ロイド、明日はしっかりとお目付役を果たさねばなりますまいな……！」

「……それはどやろか……」

「ご案じめされますな、無論、眼鏡姿に完璧に変装して参ります」

キリリとした顔で宣言するロイドを何とも言えない顔で凝視した夏神は、ほんの数秒躊躇《ちゅうちょ》してから、関西人の本能に従い、囁き声ながらも力強く突っ込みを入れた。

「なんでやねん！　確かに俺も最近忘れがちやけど、お前、眼鏡が本来の姿やないかい！」

＊　　　＊

そんなわけで翌日の午後、今度はつつがなく待ち合わせに成功した海里と奈津は、揃ってJRに乗り、三ノ宮駅に降り立った。

勿論《もちろん》、昨日と同じ服を着た海里のコートの胸ポケットには、ロイドがスルリと潜り込んでいるのだが、奈津には知る由もないことである。

ごく控えめなフリルのついたシャツとシンプルな細身のパンツの上にトレンチコートをサラリと着た奈津は、「じゃ、お買い物に行きましょう」と、まずは駅前のデパート、そごうに海里を連れていった。

そこでわりに素早くショートブーツを選んで購入した奈津を見て、海里はこれで買い物は終わりかと思ったが、それはただの序章に過ぎなかった。

「今日は、海里君が荷物持ちをしてくれるから、色々買っちゃう！」

そう宣言したとおり、奈津はそこから延々と店を巡り始めた。

三ノ宮から元町まで続くセンター街のあちこちで寄り道し、細々した家電や本、それに手芸用品を買い込んだ。

さらに、そこから一本南の筋の店にも何軒か立ち寄り、元町あたりで今度は山手に向かって歩き、そこいらじゅうのビルの中に点在する雑貨店をいくつも巡り、何点かの小物を買った。

途中、何度か「あれ、五十嵐カイリじゃない？」という女の子たちの声が聞こえてきたが、先日、海里自身がはっきりと「もう芸能人ではない」とテレビカメラに向かって宣言したためか、敢《あ》えて声をかけてくる人はおらず、海里ものびのびと久しぶりの街歩きを楽しむことができた。

最後に紅茶専門店で茶葉を買う頃には、時刻は午後五時を過ぎていた。

海里の両手には二つずつ大きな紙袋が提げられ、足は文字どおり棒のようになり、ポケットの中にいただけのロイドまで、海里にしか聞こえない声で、「我が主《あるじ》、多少、酔いました」と訴えたほどである。

奈津が「本日の予定終了」と告げたとき、海里は心底、安堵《あんど》の溜《た》め息をついた。

「ごめんね、引っ張り回しちゃって。だけど、凄く楽しかった〜！　約束どおり、晩ごはんを奢らせて。どこに行きたい？」

そう訊《たず》ねられて、海里はよれた笑顔で短く答えた。

「そりゃ、あそこでしょ」

「あ、やっぱり？」

店名を出さなくても、海里の希望している店がどこか、すぐに察したらしい。

二人が迷わず足を向けたのは、夏神が愛する「エビ入り玉子めし」を出している中華料理店、三宮一貫樓だった。

ＪＲ元町駅のすぐ近く、通りに面する店の中では、職人が鮮やかな手つきで豚まんを包んでいるところをガラス越しに見ることができる。

週末ということもあり、店の前には豚まんを求める人々の長い列が出来ていたが、店内の席はまだそれほど混み合っておらず、二人は一階の窓際の席に落ち着いた。

メニューを眺め、長い相談の末に決めたオーダーは、本家本元の味を確かめるべくエビ入り玉子めし、それから揚げワンタン野菜あんかけ、冷菜盛り合せ、焼豚、それに豚まん一つを半分こ、であった。

オーダーを済ませ、水を飲みながら、海里は「あ〜」と年寄り臭い声を出した。

「足の裏、ジンジンする。奈津さん、兄貴のこともこんなふうに引っぱり回してんの？　あの人、あんまり買い物とか好きそうじゃないけど」

奈津はクスクス笑いながら謝る。

「ごめんね。海里君はお洒落《しゃれ》だから、何を選ぶのでも凄《すご》く的確なアドバイスをしてくれるでしょ。楽しくって、つい。一憲さんは、何でも値段がリーズナブルで品質がよければそれでいいってタイプの人だから、そういう意味ではつまんないわね。黙って付き合ってはくれるけど、我慢してるのが凄くわかるから申し訳なくて」

「あー、わかる」

「それに、最近は仕事が忙しくて大変みたい。今日も、お客さんのご招待でパーティなんですって。帰りがとっても遅くなりそうだって言ってたわ。真面目だけど、無趣味だから可哀想。何か、息抜きになるような楽しい趣味が見つかったらいいのにね」

「……ふーん……」

元町駅から出てくる人と、そちらへ向かう人が、幅の広い横断歩道で集団行動のようにすれ違う。その見事な様を眺めつつ、海里は気のない返事をした。

兄のことになると途端に面白くなさそうな顔になる海里に、奈津は少し寂しそうな顔をしたものの、明るい声で言った。

「それにしても、久しぶりにいっぱい買った！」

それには、海里も呆《あき》れ顔で窓の外に顔を向けたまま同意する。

「ホントにな。でも、ちょっとは気晴らしになった？」

「とっても」

「よかった」

一瞬、口角をぐっと上げた海里は、奈津に視線を戻して言った。

「こっちに越してきても、言葉を敢えて関西弁にしようとは思わなかったけど、一つだけ好きになった言葉があるんだ」

思わぬ話題に興味をそそられ、奈津は軽く身を乗り出す。

「それ、どんな言葉？　教えて」

すると海里は、シンプルに答えた。

「しんどい」

「……しんどい。疲れたとか、そういう意味の？」

海里は頷《うなず》く。

「そう。しんどいって、一言に色んな種類のネガティブな感情を含んでる感じがしてさ。疲れた、つらい、悲しい、苦しい、泣きたい、逃げたい、そういうの、全部。昨夜の奈津さんは、マジで『しんどい』って感じに見えた」

奈津はもう一度、口の中で「しんどい」と呟《つぶや》いてから、頷いた。

「そうね。そういえば海里君、昨夜《ゆうべ》、そう言ってくれた気がする」

「そうだっけ。その言葉だけは俺、東京に行ってもずっとフツーに使ってたから、自然に出たのかも。そんで、しんどいときにはさ、思いっきり泣いて、食って、寝て、ぱーっと買い物すんのがいちばんいいと思うんだよね、俺は。だから、奈津さんもそうかなって思った」

「うん。それで今日、こうしてつきあってくれたのよね。何だか凄く元気になった。身体は疲れてるけど、気分がとっても前向き。……海里君は、凄く優しいわね」

奈津にストレートに褒められて、海里はやけにはにかんだ。買い物ツアーの途中、気に入って買ったハットを脱いで、自分自身をはたはたと扇《あお》いでみせる。

「そういうこと言われると、照れるから」

「はーい、お待たせね〜」

中国風のアクセントで愛想良く言って、店員が冷菜盛り合せと豚まんを置いていく。

さっそく熱々の豚まんを半分に割り、からしを少しつけて頬張った二人は、ほぼ同時に満足の声を上げた。

「んー、美味《おい》しい！」

「旨《うま》っ。タマネギ、やっぱ甘い」

ふわっとした皮の中には、豚肉とタマネギがぎっしり詰まっている。大きめに刻んだタマネギの甘みが豚肉の脂に馴染《なじ》み、実に優しく豊かな味である。

熱々の豚まんを吹き冷まして齧《かじ》りながら、奈津はごくさりげなくこう言った。

「こんなに優しい海里君が、義理の弟になってくれるの、凄く嬉《うれ》しいわ。だけど……どうして一憲さんとは上手《うま》くいかないのかしらね」

それを聞いて、脂で汚れた指をお手ふきで拭《ぬぐ》いながら、海里はむしろ呆れ顔をした。

椅子の硬い背もたれに背中を預け、窮屈そうにしながらも、どうにか長い脚を組む。

「今さらだよ。昔からずっと気が合わないんだから、もう、どうしようもないんだって」

それでも奈津は、食い下がってみせた。

「どうしても？　何か、仲直りできる方法はないのかな」

いつもなら、苛立《いらだ》って「ないよ」と即座に切り上げてしまう話題だったが、昨夜の奈津の姿が記憶に新しいだけに、今日もまた彼女を傷つけるには忍びず、自分自身の疲れも手伝って、怒る気力が湧いてこない。

そこで海里は、逆に奈津に問いかけてみた。

「どうして奈津さんはそんなに、俺と兄貴を仲良くさせたいわけ？」

「どうしてって。だって、家族なんだもの」

「前にも言ったけど、家族つっても、もうみんな大人なんだし、別々の場所でそれぞれの人生を歩んでるわけだし、今さら仲良し家族になる必要もないと思う」

「それはそうだけど、なっちゃいけないってこともないでしょう。仲が悪いよりは、いいほうがいいに決まってるし」

怜悧《れいり》な奈津だけあって、打てば響くように反論されて、海里は唇を引き結ぶ。奈津は冷菜を海里の皿に取り分けてやりながら、困り顔で言った。

「ごめんなさい、困らせるつもりはないんだけど」

「いや、俺も困ってるわけじゃなくてさ。何て言えばいいか」

海里は帽子のせいで少し癖がついてしまった髪を片手で撫《な》でつけながら、歯切れの悪い口調で言った。

「もう、不仲がデフォルトなんだよ、俺たち。だから、もういいんだ。兄貴と気が合わないからって、不幸を願ってるわけじゃない。奈津さんと結婚して、幸せに暮らせばいいと思ってる。ただ、そこに俺がいる必要、ないだろ」

すると奈津は、本気で寂しそうな面持ちになった。

「そんな寂しいこと、言わないで。兄弟ができるの、私はホントに嬉しいのよ。海里君にはわかんないくらい」

「だったら、こうしてたまに会えばいいじゃん。まあ兄貴は嫌がるだろうけど、奈津さんはそんなこと、ものともしないみたいだし。俺、夏神さんに叩《たた》き出されない限りはあの店にいるから、見失うことはないよ？」

「うーん……」

それでも納得しようとしない奈津にさすがに少しイラッとして、海里は微妙に声のトーンを上げた。

「兄貴は兄貴の人生を生きりゃいいし、俺は俺なりに生きていく。あ、そりゃまあ、育ててもらった恩返しだけは、いつかしなきゃいけないって思ってるよ。だけど兄貴は、俺の千倍しっかりしてるからさ。歳取って、頭か身体がアレになるまでそんな隙はないだろうから、まだまだ先の話だし」

だが奈津は、やはり真剣な顔でかぶりを振った。

「恩返し云々《うんぬん》の話をしてるんじゃないの。今の話。どうしても無理？　どうしても、仲直りの余地はない？」

海里は、つまらなそうな顔で肩を竦《すく》めてみせる。

「ないと思うけど。兄貴も願い下げだろ、そんなの。つか、マジで何で？　奈津さんはいい人だし、店に来てくれんのは大歓迎だし、たまにはこうして出掛けたりするのも悪くないと思う。けど、兄貴とのことは正直、ほっといてほしいんだよね。いくら兄貴の奥さんになるっていったって、奈津さんは他人なんだし」

「ご……ごめん、なさい」

他人という言葉に、奈津は酷《ひど》く痛そうな顔で項垂《うなだ》れる。海里も、自分の一言が想像以上に彼女を傷つけたことに気づき、すぐに謝った。

「あ……俺こそゴメン。ちょい言い過ぎた」

奈津は悲しげに微笑んでかぶりを振った。

「ううん、海里君の言うことは正しい。二人のこれまでをよく知らないくせにお節介してるって、よくわかってるの。それでも、仲良くなってくれたらなって思わずにはいられなかった」

「だから、どうしてそんなに？」

「どうしてって……うーん……」

今度は、奈津が言葉に詰まる番である。海里も、無言で奈津の説明を待った。

だが、その気まずい沈黙を破るように、再びさっきの店員が、注文した残りの料理をいっぺんに持ってくる。

あっと言う間に、小さなテーブルは皿で埋め尽くされた。

置き場所がなくて、取り皿と箸《はし》を手に持つ状態になってしまった海里は、苦笑いした。

「尖《とが》った話は置いといて、とりあえず食おうよ」

奈津も、苦笑いで同意した。

「そうね。食事のときは、もっと楽しい話をしましょう」

「どんな？」

「うーん、そうね。前に、海里君もロイドさんも、お店に住み込みだって言ってたでしょ？　三人でどんな風に暮らしてるのか、聞きたいな」

箸を持ったまま、海里は面食らって軽くのけぞる。

「そんなの聞いて、楽しいかな⁉」

「きっと楽しいわよ。教えて」

「うーん、どうかなあ。あ、だけどつい一昨日《おととい》、こたつを出そうってなったんだけどさ、夏神さん、厨房《ちゅうぼう》以外はマジで散らかしっぱなしだから、脚が見つかんなくて……」

さっき、奈津が取りわけてくれた冷菜の蒸し鶏《どり》を頬張りながら、海里は一昨日のちょっとした騒動について語り始める。

二人はそれきり、シリアスな家族問題について話し合うことをやめ、他愛ない話に興じながら、次から次へと旺盛《おうせい》な食欲で料理を平らげたのだった。

だが、食事を済ませた帰り道は、海里にとっては予想外の展開になった。

最初、海里は、奈津のマンションの前まで送っていくつもりだった。

だが、豚まんをお土産に追加注文した奈津は、一箱を夏神とロイドにと言って海里に託し、もう一箱は、一憲の家……つまり、海里の実家へ持っていきたいからつきあってくれと言い出したのである。

当然ながら海里が渋ると、奈津は、一憲は留守だし、海里の母親が、海里のことをとても心配している、顔だけでも見せてやってほしいと懇願した。

確かに、母親には芸能人時代のスキャンダルのせいで、迷惑と心配をかけた負い目がある。海里としては、一度会って近況を伝えておきたい。

海里ひとりで訪ねるのは気が引けるが、奈津が一緒なら、確かに会いやすい。奈津と親しくなったことを知れば、母親も少しは安心するだろう。

そう考えて、海里は渋々ではあるが、実家への同行を承諾した。

それを、家族が再び和やかに集えるようになるための第一歩とでも考えたのか、奈津はとても喜んだ。

そこで二人は大荷物をいったん奈津のマンションに置き、それから改めて、海里の実家へ向かった。

実家最寄りのJR摂津本山《せっつもとやま》駅までは、芦屋駅からたったの二駅である。そこから十分ほど歩いて実家へ向かう道のりも、奈津はとても楽しそうに、初めてそこを歩いた日のことなどを海里に話した。

海里も、奈津につられて少し楽しい気分になったし、久しぶりに母親に会えると思うと、やはり胸が高鳴った。

前回、同じ道を歩いたときは、芸能界を追放されてどん底の気分だったが、今ならば、一人前の料理人を目指すという小さいが堅実な目標を母親に伝えることができる。きっと、喜んでくれるはずだ。

コートのポケットの中で、ロイドもウキウキしている気配が、海里には感じ取れた。

ところが、である。

あと一分も歩けば実家、というところで、二人は針のように鋭い声に呼び止められた。

振り返った二人の前に現れたのは、まさかの人物だった。

それは、よそ行きのスーツ姿の一憲だったのである。どうやら、予定よりかなり早くパーティ会場を後にしたらしい。

「海里、お前はここで何をしている！　どこに行くつもりだ！」

怒りに身を震わせ、雷のような声で、一憲は海里を怒鳴りつけた。無論、天下の公道なのでボリュームは抑えていたが、もともと堂々たる体軀《たいく》であり、かつてはサッカー部副主将として、ピッチの隅々にまで指示を飛ばしていた男である。

いきなりの兄の怒声に、海里の全身の骨がビリビリと振動するようだった。

幼い頃から兄に叱られ続けているだけに、海里の心には恐怖がすり込まれている。半ば反射的に、ほっそりした身体が震えた。

奈津は、そんな海里を自分の背中で庇《かば》うようにして、二人の間に割って入る。

「待って、一憲さん。海里君を無理矢理連れてきたのは、私なの！　今日は半日、買い物に付き合ってもらって、帰り道なのよ。あなたのお母さんにお土産を渡しに行きたくて、海里君に送ってもらっ……」

「そんな作り話はいい。いや、本当だとしても、海里にとっては好都合極まりない誘いだったんだろうよ。こいつは、人のいいお前を利用したんだ」

だが一憲は、奈津の言葉を邪険に遮った。奈津は、まなじりを決して言い返す。

「そんな言い方、ないでしょう！」

「お前は何もわかっていない。こいつは、人に取り入るのが昔から上手《うま》いが、生き方がなっとらんのだ。お前は騙《だま》されてるぞ、奈津」

「そんなことは」

「いいから、黙っていてくれ！」

海里に対するよりはほんの少し優しいが、それでも十分にきつい口調で言い放ち、一憲は太い腕で、奈津を押しのけた。

兄に直接相対することになった海里は、震えそうになる両脚にぐっと力を入れて踏ん張り、こちらも舞台で鍛えた声で言い返した。

「俺がどこで何をしてても、俺の勝手だろ！　確かに、芸能界を追い出されたときには迷惑かけたけど、今はちゃんとやってる！　それに、あそこは俺の実家なんだから、帰るのに兄ちゃんの許可なんか……」

「世帯主は、とっくの昔に俺だ！　つまり、お前があの家に入るには、俺の許可が必要なんだ」

「うっ」

正論を突きつけられ、海里はぐうの音も出ず立ち尽くす。そんな海里に、一憲はツケツケと言いつのった。

「テレビで、お前が定食屋に就職したと知ったが、どうせあの店からも追い出されたんだろう。それでお母さんに、実家に置いてくれと泣きつきにきたんじゃないのか。お前という奴は、そのために奈津を誑《たぶら》かして……」

「一憲さん、海里君はそんな子じゃないわ！」

「兄ちゃん！　言っていいことと悪いことがあるだろ！」

奈津と海里は同時に抗議の声を上げたが、それが一憲の怒りに油を注ぐ結果となった。

弟が自分の婚約者と夜まで一緒に出掛けていたこと、自分が留守の隙に、二人で実家へ行こうとしていたこと、さらに奈津が、海里の肩を持ったこと。

そのすべてが、一憲を激昂《げっこう》させた。

「うるさい！　とにかく、俺の目の黒いうちは、お前に家の敷居はまたがせん！　奈津、お前もだ！　確かに、俺にお前の行動を制限する権利はないが、俺と結婚する予定だといっても、お前はまだ他人だ。我が家の事情に、ろくに何も知らないくせに割り込んでこようとするな！」

「……ッ！　奈津さんに、そんな酷《ひど》いこと言うなよ！」

自分が罵倒《ばとう》されることには慣れていても、奈津が自分のせいで詰《なじ》られているのは我慢できない。海里は兄に食ってかかったが、「黙れ！」と強靭《きょうじん》な腕で突き飛ばされ、情けないほど呆気《あっけ》なく、アスファルトの地面に無様に尻餅《しりもち》をついてしまう。

コートのポケットの中でロイドが小さな悲鳴を上げたが、幸い、他の二人には聞こえなかったようだ。

「海里君！　きゃっ……」

奈津は海里を助け起こすために駆け寄ろうとしたが、一憲は彼女の細い手首を強く摑《つか》んで引き止めた。

「一憲さん、落ちついて！　海里君に、乱暴しないで。ちゃんと話を」

だが一憲は、奈津の必死の説得に耳を傾けようとはしなかった。

「話など、する余地はない。いいか、海里。いつか、お前がひとかどの人物になったという話が俺の耳に届いたら、そのときは会ってやってもいい。だが、今じゃない。ちょっと真面目なふりをすれば許されると思ったら、大間違いだぞ！」

「…………ッ」

あまりの言われように絶句した海里を無視して、一憲は奈津の手首を摑んだまま、自宅に向かって歩き出す。

「一憲さんってば！」

「いいから、お前はうちに来い。二度とこんなことがないように、お前にもきっちり話をしなくてはならん！」

「痛いってば。手を離して！」

「家に着いたら離してやる」

激しく口論しながらも、奈津はなすすべもなく、一憲に引きずられるように連れ去られる。

あっと言う間に、二人の姿は実家の門の向こうへ消えた。

『……その、大丈夫ですか、我が主《あるじ》よ』

ポケットの中から、ロイドが心配そうに問いかけてくる。

「ちくしょ……だから嫌だったんだよ、こんなとこに来るの！　いちばん会いたくない奴に会っちまったじゃねえか！　痛ッ」

海里は腹立ち紛れに地面を殴りつけ、その痛みに悲鳴を上げる。ロイドは、必死で海里を宥《なだ》めようとした。

『海里様、落ちついてください。その……こちらまで、お酒の臭いが漂って参りました。兄君は、少しお酒をお召しになっていたようでございます。それゆえあのような荒々しいお振る舞いに及ばれたのではないかと』

「んなことは関係ねえよ。兄貴はいつもああだ」

拳《こぶし》の痛みで、かえって少し気持ちが落ちついたらしい。海里は沈んだ声でそう言い、ゆっくりと立ち上がって、服の埃《ほこり》を払った。

周囲を見回したが、近所の家から人が出てくる気配はない。

閑静な住宅街とはいえ、交通量の多い十二間《じゅうにけん》道路がすぐ近くを走っているので、それなりに走行音は聞こえる。兄弟の大声でのやり取りも、周囲の住民を驚かせるほどではなかったようだ。

「いいさ、どのみちお母さんに会う予定なんかなかったんだ。帰ろうぜ、ロイド」

倒れた拍子に身体から離れて転がったショルダーバッグを拾い上げ、海里はポケットの中のロイドに声を掛ける。

『本当に、お会いになりませんので？　奈津様のことも、ご心配では……』

オロオロしているロイドに構わず、来た道を引き返しながら、海里は苦い声で答えた。

「あんなこと言われて、ノコノコ行けっかよ。こう見えても、俺だって男だぞ」

『ですが……』

「奈津さんのことは心配だけど、いくら兄貴が酔っ払ってても、お母さんの前で、奈津さんを殴ったりはしねえよ。ああなったら、俺に出来ることはもうないから」

『……はあ』

ロイドはまだ納得がいかないようだが、それ以上やり合う気力は、海里にはもう残っていなかった。

そもそも疲れていたところへ、この仕打ちである。

せっかく楽しかった休日が、最後の最後で滅茶苦茶になってしまった落胆は、あまりにも大きかった。

「いいから、帰るぞ。……お前、今日はまだ何も食えてないからさ。帰って何か作ってやるよ。俺も、昨夜やり損ねたヤケ食い、今夜こそやりたくなった」

『……では、せめてそのヤケ食いには、この眼鏡めがとことんおつきあいいたしましょうぞ』

「おう。何食う？　帰りに何かコンビニで材料買おうぜ」

『そうでございますねえ。海里様と奈津様は中華料理を堪能《たんのう》なさいましたが、わたしはポケットより覗《のぞ》き見ただけでございますので、まさに絵に描いた餅《もち》、いえ海老《えび》でございましたし』

「何だよ、海老を食わせろってか？」

『いえいえ、そのような厚かましいことは申しますまい。ただ、選択肢の一つとしてご提案申し上げましただけで』

傷つき、怒りに震える心を必死に隠し、敢《あ》えて軽口を叩《たた》こうとする主の強がりを慮《おもんぱか》り、ロイドもまた、海里と奈津を案じる気持ちをぐっと抑え、いつもの呑気《のんき》な調子で言葉を返す。

「……いいさ。帰る場所があるってだけ、前に実家を追い出されたときよりマシだ」

さっきこっぴどく打ち付けたせいで、肘《ひじ》や腰が熱を持ち、鈍く疼《うず》いている。その痛みのせいでどこか奇妙な歩き方をしながら、海里はそんな減らず口を叩き、暗い夜道をトボトボと駅に向かった……。

「ただいまー！　……あれ、夏神さん、出掛けてんのかな」

どうにか気持ちを立て直した海里が帰宅すると、家の中は静まり返っていた。

休日も、夜はたいてい家にいる夏神だが、今夜はまだ外出から戻っていないようだ。

海里はコートを脱ぐと、バサリとカウンターの椅子に掛けた。たちまち、ロイドが人間の姿で現れる。こちらはいつもと同じ、ツイードのジャケットを着込んだ英国紳士スタイルである。

「まだお帰りではないようですな」

そう言って、ロイドは残念そうな顔をした。帰宅したら夏神と豚まんを賞味したいと意気込んでいたので、拍子抜けしてしまったらしい。

「別に、今はひとりで食えばいいじゃん。あ、そうだ。豚まん、紙箱から出して、一つずつフィルムで包んどいてくれよ。レンジで温めるとき便利だから」

「かしこまりました」

ロイドはいそいそと豚まんの紙箱を抱え、カウンターの中に入る。

シャツの袖《そで》をまくり上げながら、海里もロイドに続いた。夜食作りにかかる前に、手洗いをと思った海里は、自分の右手の甲にべっとりと血がつき、指先まで流れているのに気づき、ギョッとした。

電車に乗っているときは、まだ気が昂《たか》ぶっていたのと、コートの袖が長いせいで気付かなかったが、どうやら兄と揉《も》めて地面を殴りつけたとき、それなりに傷ついていたらしい。

そういえば、電車の中で、数人にチラチラ見られた気がした。てっきり、いわゆる「身バレ」したのかと思っていたのだが、床に血が滴っているせいだったのだろう。

「海里様、お怪我を」

それに気付いたロイドが心配そうに声をかけてきたが、海里はヒラヒラと無事な左手を振った。

「ああ、いいって。大したことないんだ。ちょっとした擦り傷でも、手はビックリするくらい血が出るもんだから」

「ですが、手当をしませんと」

「よく洗って絆創膏《ばんそうこう》貼っとけば、すぐに治るよ。ええと、絆創膏……は」

「救急箱は、お二階の納戸ではありませんでしたか？」

「そうなんだけど、こないだ俺が指切ったとき、夏神さんが絆創膏は厨房《ちゅうぼう》に一箱置いとくべきだなって言ってたろ。確かこのへんにしまってた気が……」

既に血は止まっていたので、先に絆創膏を見つけ出してから傷口を洗おうと考え、海里は床にしゃがみ込んだ。

おぼろげな記憶をたぐり寄せ、夏神が無造作に絆創膏を放り込んだとおぼしき、食器棚の下の引き戸を開いてみる。

前にスツールを置いてあるので開けにくい場所なのだが、だからこそ普段は使わないものを入れておくのに適しているのだ。

メモ帳の予備、筆記道具、まとめ買いした業務用ラップフィルムやアルミホイル。雑然と放り込まれたものを引っ張りだし、絆創膏を探すうち、海里は「ん？」と手を止めた。

広いスペースの片隅に、大学ノートが立ててあるのに気付いたのだ。

「何だろ、これ」

何の気なしにそれを引っ張り出した彼は、あっと小さな声を漏らした。

灰色のノートの表には、まさに金釘流《かなくぎりゅう》というべきギコギコした字体で、「レシピノート　その１」と大きく書き付けられていたのである。

それは、たまに茶の間に残されるメッセージで見慣れた、夏神の手書き文字だった。

「これ、夏神さんのレシピノートだ！」

海里は思わず声を弾ませた。

ノートの表紙は角が少し解《ほぐ》れ、油の染みがあちこちについている。いかにも、夏神が修業中に常に持ち歩いていたものらしき気配が漂う代物だ。

「うわあ……。これ、チラッと見てもいいと思う？」

海里は激しく好奇心を刺激され、さっきの兄との諍《いさか》いのせいで胸にわだかまっていたモヤモヤが少し晴れた気がした。

その気配を敏感に感じとったロイドも、ラップフィルムで豚まんを一つずつ包む手を止め、海里に歩み寄った。

「ふうむ……本来ならば、これは夏神様の私物ですゆえ、勝手にご覧になってはいけませんとお諫《いさ》め申し上げるべきなのですが」

「でも、ちょっと興味あるだろ？　夏神さんが修業時代、どんなレシピを習ってたのかとか、どんな風にレシピ帳つけてたのかとかさ！」

「ございますが、海里様ほどでは……。その、夏神様がお帰りになってから、了承を得たほうがよろしいのでは？」

「んー、でも、レシピ帳って、料理人にとってはマル秘ノートだからなあ」

「では、なおさら許可を得た方が」

「だよなあ。勝手に見ちゃ駄目だよなあ、やっぱり。いや、でも」

師匠のマル秘ノートをどうしても見てみたいという誘惑に勝てず、海里はさんざん逡巡《しゅんじゅん》した末、こう言った。

「じゃあ、一ページ、いや、見開きで二ページだけ！　ちらっと覗いて、パッと閉じて、あとは我慢するから！」

「まったく。……わたしは、何もお聞きしておりませんし、見てもおりませんよ？」

ロイドは諦《あきら》めた様子でそう言い、海里にクルリと背中を向ける。

「へへ……じゃ、一瞬だけ！」

海里はそう言って、ノートを開こうとした。そのとき、何かがハラリと床に落ちる。

「ん？　何だろ」

慌てて拾い上げてみると、それはサービスサイズのカラー写真だった。

あまりにも眩《まぶ》しい白が大部分を占めているので、一瞬、目がチカチカして、海里は瞬《まばた》きを繰り返した。

だが、すぐにそこに五人の人物が、楽しげな笑顔で写っているのに気付く。

「雪山かあ。綺麗《きれい》だな」

眩しい白は、雪の色だった。

雪山登山の途中なのだろう、並んで写っている五人の若者は、女性二人に男性三人という構成で、皆、実にカラフルな登山服を着ている。

服装も装備も見るからに本格的で、単なる遊びの登山には見えない。

海里は山に詳しくないので、それがどこの山かは皆目見当がつかないが、五人の若者のうち、ひとりの顔には嫌というほど見覚えがあった。

左から二番目、隣の小柄な女性の肩を抱き、大口を開けて笑っているのは、今よりずっと若い夏神だ。体格は今とほとんど変わらないようだが、髪をうんと短く刈り込み、今よりずっと無邪気に見える。

「へえ……。夏神さんにも、こんなにはっちゃけてる時代があったんだな」

「おや、夏神様の昔のお写真ですか？」

レシピノートには興味がなくても、夏神の写真となれば、興味津々らしい。ロイドは海里のほうに向き直ったが、何故か、柔和な笑顔が、ふいに強張《こわば》った。

「おや、我が主《あるじ》。そのお写真は……」

「あ？　何？」

海里がキョトンとしたとき、背後で何の前触れもなく、引き戸が開いた。さっき帰宅したとき、うっかり施錠するのを忘れていたらしい。

「おう、帰っとったんか」

そう言いながらのっそり入って来たのは、言うまでもなく夏神である。近所のバーに飲みにでも行っていたのか、普段着にジャンパーを引っかけたカジュアルな服装だ。

後ろめたさから、海里は慌てて写真をノートに挟んで後ろ手に隠そうとしたが、一瞬遅かった。

「ぎゃッ！」

ノートを一目見るなり、夏神は驚くほどの勢いでカウンターに飛び込んでくると、ロイドを乱暴に押しのけ、海里の手からノートを引ったくった。

あまりの勢いに、海里は固まったまま動けない。

「あ……あ、あの、ごめ……俺」

上擦った声で、絆創膏を探していたら偶然ノートを見つけて……と説明しようとした海里だが、夏神は皆まで言わせなかった。

さっきの一憲ほどではないにせよ、押し殺していてもドスの利いた声で、海里を叱りつける。

「なんぼここはお前の家や言うても、俺のもんを勝手に漁《あさ》る権利はあれへんぞ！」

「そ……それはわかってる。だけど」

「だけども何もあれへん！　俺にかて、見られとうないもんがある。触れられとうないもんもある！　ズカズカ土足で踏み込んでこられたら、許されへんこともあるんや！」

「う……」

「ええ加減にせえよ……！」

いつもなら、どんなことがあっても海里の言い分を聞いてくれる夏神が、今は怒りに引きつった顔をして、血走った双眸《そうぼう》で海里を睨《ね》めつけている。

さっきの兄とのやりとりと違い、今は百パーセント自分が悪いとわかっているだけに、海里はもはや何も言い返せず、ただ鬼の形相になった夏神を信じられない思いで見つめ返すばかりだ。

二人の間の空気が、険しく張り詰めていく。

さすがのロイドも口を挟むことができず、ただ棒のように直立してかしこまっている。逃げたいと、その彫りの深い顔にはでかでかと書いてある。

だが、実際、真っ先にその場を去ったのは、夏神だった。

「……もうえぇ。早《はよ》う寝ぇ」

吐き捨てるようにそれだけ言って、夏神は海里から顔を背けた。ロイドのことは無視して、そのままノートを手に二階へ上がっていってしまう。

ピシャンと茶の間の襖《ふすま》を閉める音が聞こえてから、海里はゆっくりと詰めていた息を吐いた。

「やっちまった……。俺、つい我慢できなくて」

蚊の鳴くような声で呟《つぶや》きながら、海里は床にしゃがみ込んだ。その顔からは、血の気が完全に失《う》せている。

そんな海里をせめて慰めようと、ロイドは抜き足差し足で海里に歩み寄った。

「海里様、夏神様があぁもお怒りになったのは、おそらく……」

だが海里は、力なく膝小僧《ひざこぞう》に顔を伏せ、片手をゆるゆると上げてロイドを制した。

「悪い。いいから、今は何も言わないでくれよ」

「ですが……」

ロイドはなおも何か言おうとした。しかし海里は、掠《かす》れた声で訴える。

「頼む。今、ヘタに慰められたら、俺、すっごい勢いで叫び出しそう。頼むから黙っててくれ。つか、いいって言うまで、眼鏡でいてくれ。俺、お前に八つ当たりしたくない。そんなことしたら、落ち込んで死ぬ」

「……かしこまりました」

短い間に、年長者二人に激しく叱責《しっせき》され、詰《なじ》られて、海里は大きなショックを受けているはずだ。

今、自分が何を言っても、海里の心には届かない。

そう判断したのか、ロイドは諦めの表情で身を屈《かが》めた。自分のほうを見ようともしない海里の頭をくしゃりと撫《な》で、優しく囁《ささや》く。

「では、わたしは眼鏡に戻り、我が主のお傍に控えております。どうぞ、暖かくしてお休みください」

答えはなかったが、海里は、ロイドの手を決して払いのけはしなかった。

「明日《あした》はきっと、良き日になりましょう」

静かな声でそう言い添えると、ロイドの姿はかき消える。

「あー……もう、何やってんだ、俺は」

誰もいなくなった厨房《ちゅうぼう》で、海里は長い長い溜《た》め息と共に、自己嫌悪の声を漏らす。

最低最悪の夜に押し潰《つぶ》されたまま、彼はしばらく動けずにいた……。

四章　寄り添えなくても

磨りガラスの向こうが、僅《わず》かに白み始める。

布団の上に胡座《あぐら》をかき、海里はもう何度目かわからない溜め息をついた。

結局、まんじりとも出来ないうちに朝を迎えてしまったようだ。

いつもは呼ばれなくても現れるお喋《しゃべ》りなロイドも、海里の求めに応じて眼鏡の姿に戻って以来、枕元のスタンドに落ち着き、一言も発しない。

正直を言えば、深夜、何度かロイドに「やっぱり出てきてくれ」と言いたくなった。

兄の理不尽な謗《そし》りに対する憤りを愚痴りたかったし、夏神のノートを無断で覗《のぞ》き見たのは、決してプライバシーを侵害しようと思ったのではなく、夏神が今のような料理上手になった道のりの一端を知りたかっただけなのだと再度訴えたかった。

世話焼きなロイドのことだから、頼めばきっと隣室で同様に眠れていないであろう夏神の所へ行って、取りなそうとしてくれるに違いないとも思った。

しかし、海里はそうしなかった。

兄のことはともかく、夏神を怒らせてしまったことについては、自分で謝って、許してもらえるよう努力するしかない。ロイドに助けてほしいなどという甘えた考えが頭をもたげるたび、海里は自分の頬を思いきりピシャリと叩《たた》いてみずからを罰した。

おかげで、今も右の頬だけがうっすら赤い。

「なあ、ロイド。俺、夏神さんが起きるまで、部屋の外で待つわ。今度ばかりはお前のこと連れていかないけど、許してくれよな」

結局、寝間着に着替えすらしなかったので、昨日出掛けたときのままの服装で海里は静かに立ち上がった。

『男の正念場でございますなあ』

部屋を出て行こうとすると、背後から静かな声が飛んで来た。

いかにもロイドらしい励ましに、海里の緊張で強張《こわば》った顔にも微《かす》かな笑みが浮かぶ。

「……今年何度目かのな」

小さな声で言い返すと、海里は足音を忍ばせ、廊下に出た。

十一月の早朝である。廊下はしんと冷えていた。

だが海里は、何の躊躇《ためら》いもなく、茶の間の襖の前の廊下に正座した。夏神が出てくるまで、何時間でもそのまま待つ覚悟だった。

だが、その覚悟は無用のものとなった。

どうやら夏神もまた、隣室の気配を窺《うかが》っていたらしい。海里が座って五分と経たないうちに、こちらも昨夜、帰宅したときとまったく同じ服装の夏神が現れたのである。

驚いて見上げる海里を、夏神は腫《は》れぼったい目元で見返した。そして「ちょい出よか」と言うなり海里の横をすり抜け、階段を下りていく。

「う……はいっ！」

海里は弾《はじ》かれるように立ち上がると、傍らに置いてあったコートを引っ摑《つか》み、そのまま夏神の後を追いかけた。

店の外で海里を待っていた夏神は、目の前の道路を渡った先の芦屋川へ足を向けた。

普段の水量は決して多くないが、雨天時は山から大量の水が流れてくるため、河川敷を広く取ってあるのが芦屋川の特徴である。

日頃は遊歩道になっているその河川敷を山のほうへ向かってゆっくり歩きながら、夏神はしょぼくれた顔で隣を歩く海里の顔をチラと見た。

「昨夜《ゆうべ》は、すまんかった。酒が入っとったから、つい荒いこと言うてしもたな」

てっきり昨夜のことを咎《とが》められるのだと心の準備をしていた海里は、いきなり謝られて、むしろ狼狽《うろた》えてしまった。

「ちょ、待って待って！　夏神さんが謝るのはおかしいでしょ。夏神さんの信用をなくすようなことしたのは、俺だよ？　まずは俺のこと、滅茶苦茶怒ってよ。じゃねえ、まずは俺に謝らせてくれなきゃ。人のレシピ帳を勝手に見たりして、ホントに……ホントに、すいませんでした！」

足を止めた海里は、心から詫《わ》びて、深々と頭を下げた。

周囲はまだ薄暗く、散歩やジョギングをする人は見当たらない。二人の吐く息が、うっすら白く立ち上った。

数歩前へ行っていた夏神は、しばらく立ち止まった後、ゆっくりと海里のほうへ引き返してきた。

殴られても文句は言えない、それで許してもらえるなら全然構わないと、海里は頭を下げ、夏神のスニーカーの足元を見つめたまま、ギュッと歯を食いしばる。

だが、彼の頭頂部を襲ったのは、「ポカリ」という擬音がぴったりの、ごく軽い衝撃だった。

「え？」

呆気《あっけ》にとられて頭を上げた海里の前には、昨夜の鬼の形相はどこへやら、ちょっと困った顔で笑っている夏神がいた。

「夏神さん……」

「わかっとる。お前は、レシピにっちゅうか、俺が料理人修業しとった頃に興味があっただけやろ。弟子が、師匠の弟子時代に興味津々なんは、そう不思議なことやない」

　そう言われて、海里はこくこくと何度も頷《うなず》いた。

「そう！　言い訳だけど、そうなんだ。……って、じゃあやっぱり、昨夜、夏神さんがあんなに怒ったのは、やっぱその、挟まってた写真を俺が見たから？」

「せや」

　短く肯定して、夏神は遊歩道の段差に川面《かわも》の方を向いて腰を下ろした。海里もおずおずと隣に座る。

「俺が、夏神さんの過去を探ろうとしてると思ったんだ？」

　ちょっと傷ついた顔をした海里に、夏神は太い眉《まゆ》をハの字にした。

「疑ってすまん。素面《しらふ》んときやったら、そんな誤解はせんかった。俺のも言い訳やけどな。せやけど、お前も疑われてもしゃーないことをした。っちゅうことで、これについてはお互い、これっきりにしようや」

「……うん」

　そう言われて、海里は鈍く頷いた。

　夏神に許されたことは嬉《うれ》しいが、偶然見てしまったあの写真が何なのかは、どうにも気になる。だが、それについて自分から問い質《ただ》すことはしないと決めている、しかし気になる……。

そんな海里の葛藤《かっとう》はお見通しだったのだろう、夏神は対岸の道路沿いに植えられた松並木を見上げながら、唐突に言った。

「昔、山やっとった言うてたやろ。大学で山岳部に入ってたんや。あの写真に写ってたんは、同期の部員の中でも、仲のええ連中やった。あれな、卒業記念に、とある雪山に登山旅行したときの奴やねん。オートシャッターで撮った何枚かのうち、いちばんよう撮れとる奴を、ああして持っとった。……自分の罪を忘れんように」

夏神の口調は穏やかで淡々としていたが、その声には隠しようのない痛みと苦しみが滲《にじ》んでいる。

海里は、夏神の精悍《せいかん》な横顔を見つめた。

彼が、ついに自分の「罪」について語る覚悟を決めたのだと知って、海里の背筋も自然と伸びる。

「写真に写ってた人たちが、あの記者が言ってた、夏神さんが見捨てた仲間？」

夏神は、松並木の向こう、徐々にオレンジがかってきた空を見ながら、小さく頷く。

「在学中に何度か登った馴染《なじ》みの雪山やったし、準備も万全やった。それでも、事故っちゅうんは起こってしまうもんなんや。初日は晴天で、夜もええ場所にきっちりテント張って、しっかり食うてゆっくり休んで、何の問題もあれへんかった。せやけど翌日の昼前、天候が急変した。急いで下山しようとしたんやけど、あっちゅう間に猛吹雪になってしもてな。一歩も動かれへんようになったんや」

「山の吹雪って、そんなに凄《すご》いんだ？」

「自分の手も、よう見えんような吹雪や。どないもならん」

そのときの視界の悪さを思い出すように、夏神は自分の顔の前で右手を広げてみせる。

「どうにかビバーク……ホンマはテントを張りたかったんやけど、風が凄うてな。必死で雪洞を掘って、五人で身を寄せ合って避難した」

「スマホ……はまだないか、ケータイは？　助けとか、呼んだんだろ？」

海里の言葉に、夏神は小さくかぶりを振った。

「昔のケータイはな、今ほど電波がようなかったんや。今は山でもかなり繋《つな》がるらしいけど、あのときはアカンかった。俺らは、ひたすら吹雪が止むんを待った。幸い、防寒具もそれなりにしっかりしとったし、水も食糧もそこそこあった。最初は俺らも、これも振り返ったらええ思い出になる、そう言うて、気持ちを奮い立たせとったもんや」

朝の冷気が染み通るような中で聞くそんな話に、海里は小さく身を震わせた。

「それで……どうなったの？」

「せやけど、吹雪は止まんかった。半日過ぎても、一日過ぎても、止む気配すらなかった。後で知ったことやけど、今の言葉で言うと爆弾低気圧が突然発達したらしい。情報も、当時は今より遅かったからな。俺らには、知るよしもないことやった」

「じゃあ、それって遭難、だよね？」

恐る恐る訊《たず》ねた海里に、夏神は頷いた。

「携帯食は、まだあった。せやけどそのうち燃料が尽きて、温かいもんは食われへんようになった。じっと身を寄せとるしかないから、女の子二人が具合悪うなってきてな。無理もあれへん。なんぼ寝袋に身体を入れとっても、寒いもんは寒い」

やけにきっぱりとそう言って、夏神は口を真一文字に引き結んだ。海里は、そんな夏神にそっと声を掛ける。

「夏神さん、きつかったら、無理して話さなくてもいいよ？　聞きたい気持ちはあるけど、夏神さんをつらくしたくはないしさ、俺」

すると夏神は、何とも言えない……まるで忠犬を見る飼い主のような顔で笑うと、海里の頭を荒っぽく撫《な》でた。

「ええねん。お前は十分、待っとってくれた」

そう言って海里から手を離すと、夏神はまた低い声で話を再開した。

「地図の上では、そう遠くないとこに山小屋があるはずや。そこまでたどり着ければ、助けを呼べるかもしれん。このまま全員で死を待つよりマシや。そう言い張って、俺はひとり雪洞を出た」

「吹雪の中を？　無茶過ぎるよ、夏神さん」

「俺はこのガタイやからな。いちばん持久力があるて言い張って、反対する他の連中を説き伏せたんや。野垂れ死にの確率が高いんはわかっとった。せやけど目の前で彼女がどんどん弱っていくんを、ただ見とることはできんかった」

ノートに挟んであったスナップ写真を思い出し、海里はあっと小さな声を上げる。

「それって、夏神さんが肩を抱いてた女の子？　ちょっと小柄な」

夏神は瞬《まばた》きで頷いた。

「あいつのためにも、絶対山小屋にたどり着く、無線で助けを呼んでもらう……そう腹を括《くく》って、俺は吹雪の中を歩き続けた。正直、方位磁石以外、何も頼りにならん。視界はゼロに近い。体力ははなから削られとるし、手も足も痺《しび》れてくる。眠気まで押し寄せてくる。朦朧《もうろう》としながら、這《は》いつくばって、雪に埋もれながら進んで……山小屋にたどり着けたんは、奇跡やった」

「たどり着けたんだ！」

「せやなかったら、ここにはおらん」

海里の素朴な驚きに苦笑いを返し、夏神はおもむろに左足の靴を脱いだ。靴下も脱ぎ捨て、素足を海里に見せる。

「な、何？」

「よう出来とるから、言わんかったら誰も気付かんけど」

そう言うなり、夏神は左足の薬指と小指に触れたと思うと、その先端をポンと外してしまった。海里は仰天して、座ったままひっくり返りそうになる。

「何それっ⁉　えっ？　指、作り物⁉」

「シリコン製のキャップや。そんときに、凍傷で指を失《うしの》うた。まあ、それだけで済んだんも奇跡やて、あとで医者に言われたけどな」

付け根だけがかろうじて残った指に精巧なキャップを被《かぶ》せ、元通りの状態にすると、夏神はこともなげに靴下と靴を再び履きながら話を再開した。

「山小屋にたどり着いたものの、仲間の居場所と状態をどうにか説明したところで、記憶がぷっつり途絶えてな。俺も、たいがい死にかけとったらしい。山小屋の親父さんが上手《うま》いこと世話してくれたから、ヘリが飛べるようになるまでどうにか保ったそうや」

「それで、仲間の人たちは？」

初めて見た義指のショックを消化しきれず、まだ心臓をドキドキさせたまま、海里は小声で問いかける。夏神は、ゆっくりとかぶりを振った。

「俺が山小屋にたどり着いて数時間後に、吹雪は弱まったんや。せやけど……決死の覚悟で助けに向かってくれはった人らが現場にたどり着いたとき……そこは、雪崩《なだれ》で埋もれとったそうや」

「……嘘だろ」

あまりにも残酷な展開に、海里はゴクリと生唾《なまつば》を飲む。

「嘘やったらええと、俺も何度も思うた。せやけど、ホンマやった。四人とも遺体で見つかったっちゅう話を、俺は病院のベッドの上で聞いた。頭ん中が真っ白になってしもて、何もかんもわからんようになって……。そんなときに病院で開かれた記者会見の場に出されて、訊《き》かれたんや。『どうしてひとりだけ雪洞を出たんですか？』って」

「ちょっと待って、そのときに夏神さん、言っちゃったわけ？　仲間を見捨ててひとりで逃げましたって！　何で？　全然違うじゃん！　助けを呼びに行ったんだろ!?」

両手を冷たいコンクリートにつき、自分に詰め寄る海里に、夏神は心底困った顔で頭を振った。

「自分でもわからん。言葉が、勝手に口を衝《つ》いて出た。たぶん、ひとり生き残ってしもた罪悪感が言わせたんやろうな」

「でも！　後からでも、誤解だって言えばよかったのに。あのときは混乱してましたって！　絶対言うべきだったよ！」

海里は非難めいた口調で言ったが、夏神は静かに言い返した。

「それがホンマであろうとなかろうと、いっぺんメディアに出た言葉は取り返されへん。それはお前が誰より知っとるやろが」

「うっ」

自分が芸能界を追放されるきっかけになったスキャンダル報道を思い出し、海里は整った顔を引きつらせる。

「新聞、ニュース、週刊誌……仲間を見捨てたっちゅう俺の台詞《せりふ》は、えらい勢いで広まった。死んだ仲間の親御さんからは詰《なじ》られたし、何の罪もないうちの両親がカメラの前で謝る羽目にもなった。高校の先生には、俺が教え子でいることが恥ずかしいて言われた。小学校の文集までほじくり返された。世界中の人にお前は罪人やって責められてる気がしてな。そっから先は、滅茶苦茶や。とてもお前に言われんような自堕落な生き方をしとった。そんである日、飯に救われたんや」

「夏神さんは、誰かが作ってくれたご飯で立ち直ったってこと？」

小首を傾げる海里に、夏神は、不器用に片目をつぶってみせる。

「まあ、な。立ち直ったちゅうか、生き残ったからにはちゃんと命を全うせなあかん、それが自分の義務やって思えるような出会いがあった。……まあ、その話はいつかまたな」

そう言って、夏神は口を噤《つぐ》んだ。おそらくそれが、あのレシピノートを作成していた頃の話なのだろう。

だが、そのあたりのことを詮索《せんさく》する余裕もなく、海里は熱を込めて言った。

「だけどどう考えても、夏神さんの罪なんて一つもないよ！　夏神さんは全然悪くない！　吹雪は誰のせいでもないし、夏神さんは仲間を助けるために、ひとりで戦ったんじゃん」

「……お前が、そない怒らんでもええ」

「でもさあ！」

もう一度、今度は海里の頭を宥《なだ》めるようにポンと叩《たた》くと、夏神は苦く呟《つぶや》いた。

「せやけど、雪洞を出るとき、自分らのことより俺を心底心配してくれたあいつらの顔を、声を、今でもしょっちゅう夢に見る。どうせ助けられへんのやったら、俺も一緒におったらよかった。せめて最期の瞬間に、あの子の隣で、手ぇ握っといてやりたかった。俺がおらんとこで死なせとうなかった。その想いは、何年経っても消えへんのや」

話が終わると同時に項垂《うなだ》れた夏神の背中は、海里には、今までていちばん小さく、力なく見える。触れてやりたいと思ったが、安易に触れてはいけない気もして、海里は伸ばしかけた手をそっと引っ込めた。

(慰めなんて……何の役にも立たないよな)

夏神があぁも頻繁にうなされていた理由を、海里はようやく理解した。

それと同時に、夏神が言うところの「罪」は、法律や世間の声とは関係ない、彼の心の奥底に深く刻まれた傷であり、誰にも……夏神自身にさえも決して癒《いや》せないものなのだと悟り、どんな言葉をかければいいのか、まったくわからなくなる。

そんな惑いがそのまま顔に出ていたのだろう、夏神は穏やかに微笑し、こう言った。

「人にこんなことを話すんは、自己弁護みたいでみっともないと思っとった。せやけど、お前がそうやってムキになってくれて、なんや妙に嬉《うれ》しいわ。ありがとうな、イガ。ずっと待っとってくれて。ほんで、話、聞いてくれて」

そして夏神は、ゆっくりと立ち上がった。

「帰ろか。冷えてしもたな」

「……ん」

海里も何も言えないまま腰を上げ、行きと同じく、夏神と肩を並べて歩き出す。

だが、やがて海里は、意を決したように呼びかけた。

「あのさ、夏神さん」

「何や？」

いつもの世間話のように、夏神は応じる。小さな咳払《せきばら》いをしてから、海里は言葉を探しつつこう言った。

「俺、メディアに大騒ぎされたこと以外は、夏神さんみたいな大変な経験をしたことがないんだ。だから、夏神さんの気持ちをホントに理解することはできないと思う。ごめんな」

「そら、当たり前や。謝ることっちゃない」

軽く流そうとした夏神にかぶりを振って、海里はきっぱりと告げた。

「だけど俺、一つだけ自信を持って言える。夏神さんがいなかったら、俺は今、ここにはいなかったってこと」

夏神の頬が、ピクリと動く。海里は、出会いの夜のことを思い出しながら言った。

「あの夜、俺、あのままだったら……夏神さんがいなかったら、きっと殺されてた。これまでちゃんと言ったことなかったけど、俺は夏神さんのこと、命の恩人だって思ってるよ」

「大袈裟《おおげさ》や」

ゆっくり歩き続けながら、夏神はボソリと独り言のように呟く。だが海里は、勢い付いて声のトーンを上げた。

「大袈裟じゃないって！　マジだよ。それだけじゃない。夏神さんは、俺を店に置いてくれただろ」

「気まぐれや」

冗談めかして言い放った夏神を、海里は感謝というより怒ったような顔で見据える。

「あんときの俺は何もかもなくして、どこへ行って何をすりゃいいのか全然わかんなかったんだ。そんな俺に、夏神さんは居場所をくれた。温かい飯と、仕事もくれた。自分のことを見ててくれる人がいるのは、こんなに嬉しくて頼もしいことなんだって教えてくれた。だからさ！　えっと……ええと」

「おいおい、そこでトーンダウンすんなや。出た涙がスルスル引っ込むやろが」

あくまでも茶化しつつ、もうすっかり明るくなったせいで、夏神のギョロ目がうっすら潤んでいるのが海里にははっきりわかる。

自分の目にも自然と涙が溢《あふ》れてくるのを感じながら、海里は足を止め、夏神に向かって声を張り上げた。

「こんなこと言ったら、お前何様やねんって怒られるかもしれないけど！　でも、俺のこと助けるために生き残ったんだって思ったら、ちょっとだけ楽になれる？　そんなんじゃ駄目かな？」

「……………」

夏神は足を止めたものの、振り返らない。そんなことでは何の慰めにも助けにもならないかと、海里はガックリ肩を落とした。

だが次の瞬間、物凄《ものすご》い勢いで引き返してきた夏神にギュッと抱き締められて、海里は驚きの余り悲鳴を上げた。

「ギャー！」

「なんで、ギャーやねん。俺が変質者やと思われるやろが、アホ」

苦笑いでそう言いながらも、夏神は両手で海里の背中を何度かバンバンと叩き、それから身を離した。

「確かに、お前はこうして生きとるな。この手で、しっかり感じられる」

「夏神さん……」

零《こぼ》れそうになった涙をジャンパーの袖《そで》でぐいと拭《ぬぐ》い、夏神はへへっと照れ臭そうに笑った。

「何があっても、過去は消えへん。せやけど……そうやな、俺が生きてたからこそ、お前が生き延びた。こんな俺でも命を繋《つな》ぐことができたんやって思えたら、ちょっとだけ救われた気にはなれるかもしれん」

「マジで？」

「かもしれんレベルやけど。せやけどホンマにありがとうな、イガ。俺のおかげかどうかは置いといて、お前はええ奴や。お前がここでこうして生きとることが、単純に俺は嬉しい」

「！」

初めて聞いた夏神の飾らない胸の内に、海里は嬉しすぎて咄嗟《とっさ》に言葉が出なくなる。恥ずかしさに耐えかねたのか、夏神は「ええからもう帰るで」と再び歩き出した。

それでもしばらくその場に立ち尽くしていた海里は、やがて、胸いっぱいに朝の清《せい》冽《れつ》な空気を吸い込んだ。

身体じゅうに、酸素と一緒に喜びが瑞々《みずみず》しく行き渡っていく。

「朝飯さ！　ご飯炊こうよ！　俺、卵かけにして食べたい！」

口元に手を当てて大声でそう言ってから、海里は、両手をポケットに突っ込んで歩いていく夏神の大きな背中を追いかけた……。


夏神とは以前よりも一歩、絆《きずな》が深まった気がする海里だが、彼の悩みはまだすべて解決してはいなかった。

実家の前で、一憲と諍《いさか》いになった件である。

海里としては、あまりにも理不尽な仕打ちを受けたことに憤りを感じているので、一憲に自分から連絡するつもりはない。

というか、一憲に新しくしたスマートホンの電話番号もメールアドレスも教えていないので、一憲から連絡が来ることも、おそらくはない。

だが、あんな別れ方をしてしまった奈津のことは、海里の心に深く引っかかっている。あの夜、一憲に引っ張られて連れ去られる奈津は、最後まで泣きそうな顔で海里を見ていた。

自分が海里を誘ったせいであんなことになって、きっと彼女はショックを受け、傷ついているに違いない。

あの後、一憲が彼女にどんな話をしたのかは知らないが、あの無骨な兄のことだ、奈津をリラックスさせるような話だったとはとても思えない。

そう思うといてもたってもいられず、海里は何度も、メールや電話で奈津に連絡を試みた。

しかし、当日の日付が変わってすぐの頃、奈津から件名なしの「今夜は本当にごめんなさい。また必ず連絡します」というメールが入って以来、まったくの音沙汰《おとさた》なしである。無論、「ばんめし屋」にもあの日以来、一度も現れない。

もしや一憲に「弟に会うな、連絡もするな」と厳命されたのかと疑いはしたものの、奈津の性格で、それを諾々と受け入れるとは思えない。

では、兄と弟のやりとりを聞いて、海里に愛想を尽かしたとでもいうのだろうか。

だが、もしそうだとしても、奈津ならば、直接会いに来てはっきりそう告げそうなものだ。

奈津からの連絡が絶えて五日後の土曜日、ついにたまりかねた海里は、奈津の自宅を訪ねてみようと決意した。もし留守なら、夜までずっと待つつもりだった。

しかし、昼前に起きて身支度をしていたとき、傍らに置いてあったスマートホンが突然着信を知らせ、海里はギョッとして液晶画面を見た。

奈津の名が表示されているのを見るなり、物凄い勢いで通話ボタンを押し、スマートホンを耳に押し当てる。

「もしもし、奈津さん？　大丈夫⁉」

だが、スピーカーから聞こえてきたのは奈津ではなく、兄、一憲の声だった。

驚いてどういうことかと問い質《ただ》す海里に、一憲は沈んだ声で、「ばんめし屋」からほど近い総合病院に来るようにとだけ告げた。そこで、詳しい事情を話すからと。

そこで海里は、茶の間にいた夏神にその旨を告げると、コートのポケットにロイドを突っ込み、店を飛び出した。夏神のスクーターを借りて、まずは芦屋川沿いを、さらに、海辺に似たような家が並ぶ新しい住宅街を越えて、ひたすら南下する。

十分もかからず、海里は、島状の埋め立て地の中にある近代的な白い建物の病院に到着した。見舞いの人たちなのだろう、休日なのに、病院にはわりに多くの人の出入りがあるようだ。

土曜だというのに仕事があったのか、かっちりしたスーツ姿の一憲は、病院の前で待っていた。海里の顔を見るなり、挨拶《あいさつ》も「この前は」もなしに、「こっちだ」と病院の中へ入っていく。

ナースステーションで記帳している一憲に、海里は我慢出来ずに問いかけた。

「なあ、兄ちゃん。何で病院？　奈津さんに何かあったのか？　何で、奈津さんのスマホで兄ちゃんが俺に……」

「あの夜、奈津が交通事故に遭った。今、ここに入院中だ」

ボールペンを走らせながら、一憲は簡潔に答える。そして驚いた海里が口を開く前に、すばやくこう付け加えた。

「病院だ、大声を出すな」

そして、病室に向かって歩きながら、一憲は彼らしい無駄のない語り口で、海里に事情を説明した。

「あの夜、お前を帰した後、俺と奈津はほとんどまともな意思疎通ができないまま、ケンカ別れ状態になった。奈津はとても動揺したまま帰り、俺は俺で酷く腹を立てて部屋に閉じこもった。……その帰り道、奈津は事故に遭ったんだ」

海里は大股《おおまた》に歩く兄に遅れないよう並んで歩きながら、尖《とが》った声で問い質した。

「何でひとりで帰したりしたんだよ！」

「奈津が、しばらく俺の顔を見たくないと言ったからだ。それでもせめて家までは送るべきだったと、今は後悔している。……おそらく、泣きながら歩いていたんだろう。

赤信号で道路を渡ろうとして、走ってきた車に接触したようだ」

「怪我は⁉」

「体の怪我は幸いたいしたことはないが、頭を比較的強く打ったようで、意識がない」

それを聞いて、海里は青ざめた。ポケットの中でロイドが小さく跳ねたのがわかる。

「意識がないって、大ごとじゃねえかよ！　どうなんだよ、それで？」

「当初の見立てでは、外傷のわりに頭蓋《ずがい》内の損傷は軽微で、特に問題なく意識が戻るだろうとのことだった。だが……まだだ。そして何故目覚めないのか、原因がわからない」

「は？　つまり、すぐに目が覚めるはずだったのにまだってこと？　全然？」

「外からの刺激には、ある程度反応するんだ。だが、意識があると言えるほどの状態には、回復していない」

「そんな……」

「原因がわからない以上、待つしかない。……ここだ」

一憲がノックもなしに引き戸を開けて入ったのは、三階の一角にある個室だった。

部屋は決して広くないがとても清潔で日当たりがよく、ベッドの他に、小さなテーブルと、いかにも病院らしい硬そうなベンチソファーが置いてある。窓からは、近くにある公園らしき緑が見えた。

「奈津さん……！」

海里はおずおずとベッドに歩み寄った。

奈津は頭に包帯を巻かれ、顔や首筋にも何カ所かにガーゼを当てられた痛々しい姿で、ベッドに横たわっていた。

その顔は妙に穏やかで、苦しそうな気配は見受けられない。ただ、すやすやと眠っているだけのように見える。

「こんな、普通に寝かしてるだけでいいのか？　酸素とか、そういうの……」

狼狽《うろた》えるばかりの海里に、一憲は沈んだ声で言った。

「今のところ、状態はとても安定しているそうだ。いつまでもそうはいかないだろうが。……まあ、座れ」

一憲に促され、海里は複雑な面持ちでベンチソファーに腰を下ろした。一憲も、海里に向かい合って座る。

「兄ちゃん、俺」

何か言いかけた海里を片手で制し、一憲は眼鏡を外してジャケットの胸ポケットに入れた。酷く疲れた表情で、こめかみに片手を当てる。

それは海里が初めて見る、兄の弱った姿だった。

心身の疲労に耐えるようにギュッと目を閉じて、一憲は口を開いた。

「あの夜、奈津から聞いた。そもそもは奈津が、お前の仕事先に押しかけて、仲良くなりたがったんだそうだな。あの日もお前は、仕事で多忙だった俺の代わりに、奈津の買い物につきあってくれただけだと。その点においては、誤解して悪かった」

これまでずっと独裁者だった兄に生まれて初めてストレートに謝罪されて、海里はどうしていいかわからなくなる。

「いや、えっと……んなことはいいんだ。それよか奈津さんが泣いて帰るようなことに、どうしてなっちまったんだよ？」

海里に問い詰められ、一憲はうっすら充血した目を開けた。人差し指を結び目に突っ込み、ネクタイを少し緩めてから、彼はこう言った。

「諍《いさか》いというのは、互いにきつい言葉の応酬になる。だが俺は、酒の勢いもあって、言ってはならないことを言った」

「……何？」

「お前はまだ他人だと」

海里は、あの夜の記憶を辿《たど》りながら、曖昧《あいまい》に頷《うなず》く。

「兄ちゃんと結婚するって言っても、まだなんだから今は他人だ、的なこと？　そういえば言ってたっけ。でも、それは事実だろ？　俺も言ったことあるよ、他人なのに、何で兄ちゃんと俺を仲直りさせたがるんだよって。他人って、言っちゃ駄目だったのか？」

一憲は小さく首を横に振った。

「お前はいい。お前は何も知らなかったんだから。俺は何もかも知っていたのに、そんな残酷な言葉をあいつに投げつけてしまった。悪いのは、俺だけだ」

「……どういうこと？」

訝《いぶか》しむ海里に、一憲は首を巡らせ、眠り続ける奈津を見やってこう言った。

「奈津は、捨て子だったんだ」

海里は驚いて目を見開く。

「マジで⁉」

「ああ。生まれて数日で、デパートのトイレに捨てられていたそうだ。幸い命は取り留めたが、結局身元はわからず、高校を出るまで児童養護施設で育った。自分で学費を稼いで、苦労して獣医になったんだ」

海里は呆然《ぼうぜん》として、兄と奈津が横たわるベッドを交互に見る。

「マジかよ。奈津さん、そんなことちっとも言わなかった」

「生まれの不幸を武器にするような女じゃないからな。だが、付き合い始めた頃、打ち明けられたよ。たったひとりしか記載されていない戸籍の持ち主でも構いませんか

「たったひとり……。そっか。親がわかんないなら、その前もずーっと、全然わかんないんだな」

と、独特の表現で」

「ああ。名字も名前も、親がくれたものじゃない。施設の長が決めたものだ。奈津には、ルーツがないんだ。そのときまで、そんな孤独な身の上の人がいるなんて、実感したこともなかった」

当時の驚きを思い出したのか、一憲は両手を軽く広げ、そしてその手を力なく腿《もも》に落とした。

「だからこそ、奈津は俺がプロポーズしたとき、とても喜んでいた。やっとひとりぼっちではなくなる。やっと家族ができる。心の拠《よ》り所ができる……と」

「じゃあ、俺にあんなにこだわったのは」

「せっかく家族としてこの世に生を受けたのに、断絶したままで一生を終えるのは辛《つら》すぎると、奈津はそう言っていた」

「そう……だったんだ。自分に家族がなかったから、家族がバラバラなことをあんなに嫌がったんだ、奈津さん」

初対面のときから妙に強引だった奈津の態度にようやく合点がいって、海里は思わず黙り込む。

一憲は、肩を落として掠《かす》れ声でこう続けた。

「だが、そうした事情を知っていても、重ねてしつこいほどにお前との仲直りを求める奈津に、俺は言わずにはいられなかった。記憶ある限り、弟と俺は水と油だった。今も俺たちの生き方はまったく違うし、互いに相容《あいい》れない。間違って家族になったとしか思えないし、今さらよりを戻す必要を感じないとな」

兄の取り付く島もない言葉に、海里も肩を竦《すく》めて同意する。

「俺も似たようなことを言ったよ。奈津さん、すげえ悲しそうな顔をしてた」

「俺が別れ際、駄目押しにそう言ったときも、奈津は酷《ひど》く傷ついた顔をしていた。奈津には済まないことをしたと思う。だが……」

一憲は、整ってはいるがいかにも頑固そうな顔で、海里を真っ直ぐに見た。

「奈津がこうなったからといって、お前と仲良しの兄弟になれるとは、到底思えん。そのふりをすれば奈津が目を覚ますと言われたとしても、難しいだろうな」

海里はゆっくり立ち上がり、ベッドの傍に歩み寄った。

「俺は、腐っても役者だったからさ。芝居でいいってんならやるよ。……やるけど、奈津さんが望んでるのは、そういうこっちゃねえだろ」

「ないな」

海里は奈津から兄に視線を滑らせ、小さな声で言った。

「だったら、俺だって無理だ。悪いけど、育ててもらった云々《うんぬん》はおいといて、兄貴のことを好きだと思ったことは、記憶がある限りいっぺんもない」

「……そこだけは気が合うあたり、皮肉なものだな」

そう言うと、一憲は立ち上がった。

「とにかく、お前が奈津を案じていたことは、あいつのスマホの着信履歴でよくわかった。だからこそ、事情を知らせておこうと思ってな。……急に呼びつけたことは謝る。気をつけて帰れよ」

そう言って病室を出て行こうとする一憲を、海里は慌てて呼び止めた。

「どっか行くのか？」

「主治医の先生が今日は来られているそうだから、ご挨拶《あいさつ》してくる。そのあと、職場に戻る」

ニコリともせずそう言い残すと、一憲はネクタイを締め直しながら病室から去った。

静かな病室に残された海里は、溜《た》め息をつきながら、奈津の顔を見下ろした。

「何で、こんなことになっちゃってんだよ。車に撥《は》ねられた猫を助けようとしてたくせに、自分が撥ねられちゃってどうするんだよ。……あっ」

思わず独り言を漏らした海里は、奈津の顔に生じた変化に驚き、ベッド柵《さく》に両手を掛けて彼女の顔を覗《のぞ》き込んだ。

閉じた右目から血の気の失《う》せた頬に向かって、つ……っと一筋、涙が零《こぼ》れたのである。

「奈津さん？　何で泣いてんの？　奈津さんってば！」

奈津が意識を取り戻す前兆ではないかと、海里は声を張り上げて呼んでみた。だが、そんな海里を窘《たしな》めたのは、ポケットの中でずっと沈黙を守ってきたロイドだった。

『海里様、落ちついてください。いくら呼びかけても、今のままでは、奈津様はお目覚めになりません』

「だって、奈津さん泣いて……」

『それは、兄君と海里様の会話を耳にされ、絶望を深めておいでだからです。お二方が仲直りを拒まれるたび、奈津様は深く悲しんでおられます』

悲しそうなロイドの声に、海里はムッとした顔で言い返す。

「何でそんなこと……奈津さんが目を覚まさないって、断言できるんだよ、眼鏡が」

するとロイドは、こう言った。

『それは、わたしがただの眼鏡ではないからですよ、我が主《あるじ》。どうか、わたしをかけて、奈津様のお姿をご覧ください』

「……お前を？」

訝しむ海里の脳裏に、かつて幽霊を見る能力のない淡海が、ロイドをかけることによって、亡き妹の姿を傍らに見つけることができたという事実が甦《よみがえ》る。

「まさか……そういうこと、なのか？」

『どうか、わたしを』

ロイドは重ねて要求する。海里は頷《うなず》くと、着たままだったコートのポケットからセルロイドの眼鏡を取り出し、鼻の上に載せた。

そして、ただのガラスのはずのレンズを通して、奈津の姿を見る。

「……奈津さん……!?」

海里は、レンズの奥で目を剝《む》いた。仰向《あおむ》けに横たわった奈津の身体に重なって、透けるほど薄いもうひとりの奈津の姿が見えたのである。

それは、ロイドが付喪神の力で海里に見せた、今の奈津の魂の有り様だった。

空気にほんの少し色がついた程度の淡い奈津の魂は、胎児のように身体を丸め、両手でしっかりと耳を塞《ふさ》ぎ、目を閉じていた。

それはまるで、自分に働きかけるすべてを拒絶しているような姿だった。

『さよう。奈津様は、一憲様と海里様、お二人を結びつけることができないご自分の力不足を嘆き、どうしても互いに歩み寄ろうとなさらないお二人に絶望しておいでになります。目覚めて、再びお二人の断絶をその目で見、その耳で聞くことを、拒んでおられるのです』

海里は狼狽《ろうばい》して、医者ならぬ身の眼鏡に問いかけた。

「このままだったら、どうなるんだ？」

『目覚めぬままならば、奈津様のお体は少しずつ衰弱し……やがては』

その先は言わずとも明らかなので、ロイドは言葉を濁す。

「どうやったら、奈津さんは目を覚ましてくれるんだよ」

『それは……奈津様が心を閉ざすきっかけになったことが解決されること、すなわち、ご兄弟が真に和解なさることが必要でしょうな』

静かに、しかしきっぱりと告げられて、海里は困り果てた顔になった。ロイドを外し、両手に持って、小声で訴える。

「それはマジで無理だって。他に何かないのかよ？」

『残念ながら、それがただ一つの希望かと』

ロイドの答えは、あまりに明快だった。

「そんな……。無理なもんは無理だよ。何でこう、一から十まで強引なんだよ、奈津さんは！」

ただひたすらに途方に暮れ、海里はしばらくベッドサイドに立ち尽くしていた……。

意気消沈して帰宅した海里から事情を聞いた夏神は、こたつに潜り込み、天板に顎《あご》を載せて唸《うな》った。

「そらまた、難題やなあ。奈津さんの気持ちもようわかるけど、身内ほど、こじれたら修復が難しいもんはないみたいやし」

「……だよ」

夏神が淹《い》れてくれた熱い煎茶《せんちゃ》を一口飲んで、海里は特大の溜め息をついた。

「だってさ、兄貴も俺も、そこだけは一致してるんだ。記憶の限り、仲が良かったり、お互いに好きだと思ったりしたことはないって」

「徹底しとるな」

夏神は、感心と呆《あき》れが相半ばした表情でそう言った。菓子盆に積み上げたみかんを一つ取り、やけに几帳面《きちょうめん》に皮を剝き始める。

それを見ながら、海里は沈んだ面持ちで言った。

「奈津さんはいい人だし、家族にこだわる理由もわかったし、知らなかったとはいえ、俺も兄貴と同じく、奈津さんに他人って言って傷つけちまったし。いや、そんな理由はどうでもいいや。俺、奈津さんが義理の姉さんになってくれたら嬉《うれ》しいから、無事に意識が戻ってほしいんだ」

「せやな。その気持ちがいちばん大事や。お前の兄貴も同じ思いやろ。……せやのに仲直りできへんのは困ったもんや」

「そりゃさ、こじれた原因がはっきりしてれば、よりの戻しようもあるよ。だけど兄貴と俺の場合は、そうじゃなくて、ずっと不仲だから」

「ふむ……」

ほぼ完璧《かんぺき》に白い繊維を取り去ったみかんをひと房ずつ大事そうに口に運び、もぐもぐしながら夏神はこう言った。

「それやったらもう、過去はしゃーない。仲直りは無理や」

「えっ？　えええええ？」

やけにキッパリと宣告され、自分の意見を支持されたにもかかわらず、海里はキョドキョドする。そんな海里に、夏神は提案した。

「不仲やった過去はおいといて、こっから先、兄貴とお前が歩み寄れるポイントがあれへんかどうかを探るほうが建設的やないか？　奈津さんかて、それやったらＯＫやろ。結果として、お前らがそれなりに仲良うしてくれたらええわけなんやから」

「そ……そりゃそうだけど……」

「そんだけ、仲直りできる要素がない！て意見が一致する兄弟やったら、逆もあるやろ。これから仲良うなれる要素もあるはずや」

「はあ⁉　それは、こじつけすぎじゃね？」

夏神の強引過ぎる論理に、海里は目を白黒させるばかりである。そんな海里に構わず、夏神は勢いよく言葉を継いだ。

「いや、アリなはずや。せやけど、何もないとこからいきなり意気投合ポイントを探すんは、漠然とし過ぎとるわな。何ぞないんか、元ネタになるような出来事は」

「元ネタって……」

海里は湯呑《ゆの》みを脇に押しやり、天板に頬杖《ほおづえ》を突いた。

「おお、それはアレでございますね、コペ……コッペ……いえコペ何とか」

そのとき、やはりこたつからは離れ、壁にもたれて体育座りのロイドが、何かを言おうとして言葉に詰まる。

「コペルニクス的転回、とか？　言葉だけは聞いたことあるけど、意味わかんねえよ」

海里がそう言うと、ロイドは大きく頷いた。

「それでございます！　物事の見方が百八十度変わるというアレでございますよ。海里様、何か将来的な歩み寄りに繋《つな》がるような、過去のエピソードはお持ちでないのですか？　こう、当時は何でもないこと、あるいは多少面白くないことであっても、今、思い出してみれば、兄君に親しみが湧くような」

両側から催促され、海里は困惑して痒《かゆ》くもない頭を掻《か》いた。

「んなこと、急に言われたって」

「何ぞあるやろ。一つくらいはあるはずや、時間が経ったらポジティブに考えられることが。遊びとか」

しかし海里は、綺麗《きれい》な顔が台無しになるほどの顰《しか》めっ面で吐き捨てる。

「年が離れてたから、遊んだことなんかない」

「ほな、勉強を教わったこととか」

「勉強を教わってるときなんてそれこそ、今思い出しても地獄以外の要素はなかったぜ？　俺、小学校時代だけで、一生分の『何故わからんのだ』を言われ尽くしたからな！」

「かなわんやっちゃな……」

夏神は、最後のひと房をしげしげと眺めてから口に放り込み、太い人差し指を立てた。

「ほな、飯はどうや。よう言うやないか、同じ釜《かま》の飯を食う仲間て。お前と兄貴は、不仲や言うても十何年間、一つ屋根の下で、一つの食卓を囲んできたんや。……せや、たとえば食い物に関する共通の、懐かしい記憶なんかはあれへんのか？」

「食べ物？　そう言われても、母親の作る料理を普通に食べてただけだし」

「何ぞじっくり思い出してみぃ。家の飯でも、おやつでも、外食でも、買い食いでも。十何年分あったら、一つくらい何ぞあるはずや」

「やけに断言するなあ……」

「お前も料理人の端くれのさらに尻尾《しっぽ》のほうやから、わかるやろ。食い物を分かち合う間柄に、マイナスの感情ばっかりはありえへん。何ぞええこと、楽しいことがあったはずやぞ」

「……なんか、俺の代わりにすっげー謙遜《けんそん》してもらった気がするけど、まあ、それは置いといて。分かち合うっつっても、飯もおやつも別盛りだったしさあ」

ブツクサ言いながら、海里はまるでヤドカリが貝殻の中に引っ込むように、こたつにモサモサと潜り込んでいく。フカフカしたこたつ布団に目の上まで埋もれてしまった海里があまりにも長く沈黙しているので、二つ目のみかんを食べ終えたところで、夏神は「寝てるんかいな」と布団をめくってみようとした。

しかしそれより一瞬早く、海里はガバッと身を起こした。夏神は驚いて、万歳ポーズでのけぞる。

「な、何や、何ぞ思い出したんか？」

「海里様、よきお考えが？」

ロイドも、思わず苦手な熱源、もといこたつのほうににじり寄る。

だが当の海里は、こたつに潜っていたせいで赤くなってしまった頬を両手でさすりながら、何ともはっきりしない口調で言った。

「死ぬ程考えたけど、一つだけ、なくもない……かな」

「ホンマか！？」

「っていっても、兄貴が覚えてるかどうか、忘れてても思い出すかどうかは謎だけど、試す価値はあるかも。俺もそれなら……けど、ＯＫ出るかな。そこがいちばんの壁かな、聞いてみっかな。うーん……」

口の中で何やら呟《つぶや》きつつ海里は立ち上がり、そのまま自室へスタスタ去ってしまう。

残された夏神とロイドは、顔を見合わせた。

「何か閃《ひらめ》いたご様子ですね」

「せやな。まあ、こっから先は、俺らは見守るしかあれへんし」

「そうでございますねえ」

きっちり分けた淡い色の金髪を片手で撫《な》でつけながら、ロイドはのんびりと微笑んだ。

「お話を伺う限り、ご兄弟はずっとお気持ちがすれ違ってきた模様。それでも、人生のどこかで一瞬だけでも想いが重なる出来事があれば、それが再び、お二人の心を結び合わせるよすがになりましょう。それが奈津様のお目覚めにも繋がるなら、申し分ないのですが」

「せやなあ。まあ、大団円は高望みでも、何ぞ光が見えたらええな」

そう言って夏神はみかんをもう二つ手に取り、一つを自分の前に置くと、もう一つをロイドに向かって絶妙のコントロールで放り投げた……。

＊　　＊

翌日の昼過ぎ、海里は大荷物を抱え、病院を再び訪ねた。

奈津が眠る個室には、酷《ひど》く不機嫌な顔の一憲が待っていた。今日はアーガイルのセーターにチノパンというカジュアルな服装だが、そのせいで、未《いま》だにピンとした筋肉の張りが、スーツのときより際だって見える。

「呼びつけておいて遅刻とは何ごとだ」

開口一番、一憲は海里を叱責《しっせき》したが、海里は珍しく涼しい顔でそれを受け流した。

無論、これから実行する計画を出だしで頓挫《とんざ》させないための我慢である。

「悪い、支度に手間取った。計量とかしてたら、意外と時間がかかっちゃってさ」

そう言いながら海里は、特大の風呂敷《ふろしき》に包んで背中に結びつけるという、お洒落《しゃれ》な彼にはまったく似合わないクラシックな運び方をしてきた「もの」を、よいしょとテーブルに下ろした。

「計量？　何の……うおっ⁉」

テーブル前に立って怪訝《けげん》そうに見守っていた一憲は、眼鏡がずり落ちるほど驚いて、あんぐりと口を開いたまま弟を凝視した。その口から飛び出したのは、怪我人の手前押し殺してはいるものの、紛《まご》うかたなき怒声である。

「おい、海里。お前はいったい何をするつもりだ！　ここは病院だぞ」

「知ってる。だから主治医の許可は取った。個室だから大目に見る、いっぺんだけ試してみてもいいって言ってもらったよ」

兄の怒りなどものともせず、海里は、風呂敷の中に残っていた電気コードを取り出した。そう、テーブルの上にあるのは、ごくありふれた円形の大きなホットプレートである。海里が、夏神から借りてきたものだ。

「お前は俺にことわりもなく、主治医の先生に談判したのか！　しかも、こんな横紙破りなことを……。そんなものを持ち込んで、ここで何をするつもりだ！」

「何って、ホットプレートで料理以外のことをされてもビックリするだろ。まあ目的は、思い出再現、かな？」

「何だと？」

「いいから座ってくれよ。俺、大真面目なんだから。今朝、電話したときに言ったろ、奈津さんの目が覚めるように、俺が出来るただ一つのことをするって」

テキパキとホットプレートの電源を入れ、温度調節をする弟を見やり、一憲は仏頂面で問いかけた。

「つまりお前は、俺と仲直りをしにきたのか？　それにそのホットプレートが、何の役割を担うというんだ？」

「んー、まあホットプレートは、思い出には関係ない。ただ、主治医の先生に掛け合ったとき、ギリギリＯＫをもらえたのがホットプレートだっただけ。さすがに携帯ガスコンロとフライパンはＮＧだったからさ。でもって、はっきり言っとくけど、俺は兄貴と仲直りをしにきたわけでもない」

「何っ⁉」

「だって、そりゃ無理だよってとこで、こないだ話が一致したじゃん。いいから、ちょい待って」

海里は提げてきた大きな保冷バッグから、次々とアイテムを取り出した。

深さのある大きなボウル、透明の袋に詰まった白っぽい粉、卵が一つ、ボトルに詰めた牛乳、そして泡立て器。

「海里、お前まさか本当に、ここで調理をする気か？」

予想を遥《はる》かに超えた弟の無茶に、一憲は立ち上がったツキノワグマのようなポーズで愕然《がくぜん》としている。

「そうだよ。そう言ってるじゃん」

海里は平然と言い放ち、短いコートを脱いだ。ワークシャツの袖《そで》をまくり上げてから、病室内の洗面所でよく手を洗う。

「よし、じゃあ始めようか。兄ちゃん、座ってよ」

海里に促され、一憲は爆発寸前の顔で、しかしこうなっては仕方がないと諦《あきら》めたのか、昨日と同じように海里と向かい合って腰を下ろした。

だが、いつでも殴れるように固めた右の拳《こぶし》と、やけに浅い座り方が、どうにも不穏である。

（おっかねえなあ……）

今日は、「ここはひとりで頑張るところだから」と宣言し、終日家にいると言っていた夏神に、ロイドを預かってもらっている。

日頃から別に何をしてくれるわけでもない、むしろ余計なお喋《しゃべ》りが日課のロイドだが、あのセルロイドの眼鏡がシャツのポケットにないというだけで、海里の不安は無性に増した。

だが心細さを胸の奥にぐっとしまい込み、海里はボウルに卵を割り入れ、泡立て器を使って、牛乳と混ぜ合わせた。

「思い出さない？」

海里に問われ、一憲は鼻筋にギュッと皺《しわ》を寄せる。

「この状態で、何を思い出せと言うんだ？」

婚約者の病室で、弟に理解不能な蛮行に及ばれている一憲の苛立《いらだ》ちは、ピークに達しつつあるのだろう。しかし海里は、それを無視して問いを重ねた。

「俺、小学生の頃、よく○○君ちはこうなんだって、って父親のいる他人様《ひと》の家のことを羨《うらや》ましがってさ。そのたび兄ちゃんに、『よそはよそ、うちはうちだ。いちいち不平を言うな！』って怒鳴られてただろ？」

「お前が何をしているのかはさっぱりわからんが、それははっきり覚えている。お前はないものねだりばかりする子供だった。俺が必死で父親代わりを務めているのに、こいつは何が不満なんだといつも腹立たしかったな」

「だよなあ。だけど、これだけは兄ちゃん、かなえてくれたんだ。……まだ駄目？」

海里は期待の眼差《まなざ》しを兄に向けつつ、袋の口を切り、ボウルに粉を一気に加えた。そして、ガシャガシャと手早く混ぜ合わせる。

バニラエッセンス特有の甘い香りが、控えめに一憲の鼻をくすぐった。その匂いを嗅《か》いだ彼の顔に、初めて怒りと苛立ち以外の色が浮かぶ。

「これは……もしやホットケーキか！」

「せーいかーい！　そんで、思い出した？　あのときは、横浜《よこはま》の家のガスコンロと、台所にあったフライパンだったけど」

「…………」

なお考え込んでいた一憲の拳が、ゆっくりと解《ほど》ける。それと同時に、引き結ばれていた唇から、「お前が」という一言が零《こぼ》れた。

「俺が？」

「お前が、小学校低学年の頃だったか。クラスメートの誰かの家では、日曜になるとお母さんは昼まで寝ていて、お父さんが朝ご飯にホットケーキを焼いてくれるんだって、と酷く羨ましそうに言った」

海里はパッと顔を輝かせ、指を鳴らした。

「そう、それ！　そんで兄ちゃんはいつもの台詞《せりふ》を言って流しちゃったくせに、次の日曜、マジでホットケーキを焼いてくれたんだよ！　覚えてる？」

一憲は頰を緩めた。そこに浮かんでいたのは微《かす》かな苦笑いではあったが、確かに思い出したことを肯定した表情である。

「ああ。またいつものないものねだりが始まったと思ったが、ホットケーキなら金はかからないし、難しくもない。それでお前が満足してしばらく大人しくなるなら、作ってやってもいいかと思ったんだ」

「あ、やっぱそんな理由だったんだ。……ま、いいけど。これさ、市販のホットケーキミックスなんだ。たぶんあのとき、兄ちゃんが使ったメーカーの奴。何となく、箱のデザインを覚えてたから買ってきた」

小さく肩を竦《すく》め、海里は泡立て器を持参のビニール袋にしまい込むと、ゴムべらを出した。ドロリとした生地を軽く整える。

生地はたっぷり二枚分の分量があったが、海里はそれを一気にホットプレートの上に流し込んだ。生地は自然に、ほぼ円形に広がっていく。まるで、黒いホットプレートに浮かんだ月のようだ。

「兄ちゃんはあんとき、お母さんが大事に使ってたテフロン加工のいちばんでっかいフライパンを火にかけて、こんな風に特大ホットケーキを焼いたよな」

ゆるゆると広がる生地を見ながら、一憲も頷《うなず》く。

「テフロンのフライパンが、うちにはその一枚しかなかった。箱書きにあったんだ、テフロンのフライパンなら油を引かなくても綺麗《きれい》に焼けると。一枚ずつ焼くのが面倒だったから、一気に焼くことにした。……俺もあの頃はまだずいぶんと愚かだったからな。後の苦労を考えていなかったんだ」

苦々しくそう言う一憲に、海里はどこか嬉《うれ》しそうに頷いた。

「うん。……そっか、兄ちゃんも覚えてたんだ、これ。俺もさ、夏神さんにヒントをもらって、うんと考えて、記憶の底の底の底から引っ張り出してきた」

「夏神さん？」

「今、住み込みで働かせてもらってる定食屋のオーナー。俺、その人に料理習ってんだよ、今」

「……そうか」

　いつかご挨拶《あいさつ》せねばならんな、と呟《つぶや》いて、一憲は海里をホットプレート越しに見た。

「俺もこんなことはずっと忘れていた。何だ、今さら、ただ一度お前を甘やかしたエピソードを持ち出して、今後はそうしろ、自分に歩み寄れとでも要求するつもりか？」

　警戒の色を隠しもせず問われ、海里はさすがにムスッとして言い返した。

「んなわけねえだろ。ただされ、聞いてみたくて。この頃のこと」

「何をだ？」

　油を引いていないので、意外なほど焼ける音が立たないホットケーキ生地を眺めながら、海里は少し躊躇《ためら》ってから問いかけた。

「俺にホットケーキ焼いてくれた頃、兄ちゃんはまだ、二十歳そこそこだっただろ？　正直、俺がいなきゃよかったと思ったこと、あった？」

　探るような海里の問いかけに、一憲は即答した。

「数え切れないほどあった」

「……いや、そうだろうと思ってたし、そう思って当たり前だし、正直なのも兄ちゃんらしいけど、もうちょっとこう、せめて三秒くらいタメがあってもいいんじゃないかな」

さすがにストレートに傷ついた表情になった弟に、一憲は気まずそうに弁解する。

「お前が訊《き》いたからだろう。まだ若かった俺が、幼い弟を背負うことを重すぎると感じたことさえ、お前は非難するつもりか?」

「そうだけど! ああいや、そうだよな。そうだよ。ごめん、俺が悪い」

「海里?」

兄の率直すぎる「弟なんていなければよかった」発言に項垂《うなだ》れつつも、海里は素直に言った。

「俺、兄ちゃんには世話も迷惑も掛けっぱなしだもんな。……兄ちゃんが色んなことを俺の将来のために諦めてくれたことは、ちゃんとわかってる。兄ちゃんだって、ホントはもっと自分の楽しみや理想のために、やりたいことがいっぱいあっただろうなって」

それを聞いて、一憲は意外そうな顔をした。

「お前が、そんなことを言うとはな。子供の頃から、口を開けば俺のことを、うるさいだの、厳しすぎるだの、分からず屋だの、すぐに暴力をふるうだの、ケチだの、とにかく不平不満しか言わない奴だったが」

「だってそれはホントだろ! それとこれとは、また別の話だよ」

「俺は、俺にできるベストを尽くしてきた! お父さん亡き後、お前をきちんと大人に育て上げるために、俺が代わりを務めてきたつもり……」

「わかってる！　それは凄《すご》くわかってる。……ちょっと温度が高いかな。火災報知器を鳴らしちゃったら、さすがに怒られるだけじゃすまないし」

いつものようにガミガミと小言を言い始めようとした一憲を片手で遮り、海里は温度設定のダイヤルを微調節した。

ホットケーキ生地の表面にふつふつと気泡が浮かび始めている。気泡のドームが破れると、ふわっと空気が抜けて、その部分の生地は次々とクレーター状に変わる。

生地に熱が通ってきた証拠だが、よく見ると少しグロテスクでもある。

それを眺めながら、海里はボソリと言った。

「ホットケーキのこと思い出したときにさ、思ったんだ。俺、延々と言い忘れてたことがあるなって。いや、たぶん心の中にはいつもあった気持ちなんだけど、よく考えたら、いっぺんも言ったことないなって思って。その……何か超今さらなんだけど」

「何だ？　ウダウダしていないで、男ならすぱっと言え！」

「ほら、すぐそうやって怒る。こういうことには、助走が必要なんだって。デリカシーがねえなあ」

「…………」

ジロリと睨《にら》まれ、海里はヒュッと肩をすぼめた。

「わかった、言う！　その、ホント今さらだけど、高校出るまで、俺のこと守ってくれて、ありがとう」

「！」

　そう言ってガバッと頭を下げた海里のことを、一憲は信じられないといった顔で、薄く口を開いたまま凝視している。

　海里は、兄をまっすぐ見返して、言葉を継いだ。

「お父さんが死んだ後、そりゃ少しは蓄えもあっただろうし、お母さんも働いてたけど、兄ちゃんが必死で稼いでくれなきゃ、俺、高校なんて行けなかった。兄ちゃんが、自分は高校のときからバイト代をほとんど家に入れてたの、俺、知ってるよ。大学も、奨学金取って通ってたこと、お母さんから聞いてた」

「…………」

「それなのに、俺には兄ちゃんの稼いだ金で大学まで行かせてくれようとしたこと……要らねえよって言っちゃったし、実際行く気はなかったけど、兄ちゃんがそのつもりでいてくれたことは、マジでありがたいと思ってる」

「お前……」

「ホントだよ。今、急にそう思ったんじゃない。奈津さんのために取り繕ってるわけでもない。心ん中じゃ、ずっと思ってた。けどこれまで、こうしてお礼を言うような気分になれなかっただけだ」

一憲は、弟の言葉を噛《か》みしめるようにジッと黙っていたが、まだ険しい顔のまま、太い声でこう言った。

「だが、ずっと感謝していたと言うわりには、お前はずっと俺の忠告も叱責も、鬱陶《うっとう》しがって聞き入れなかったじゃないか。やれと言ったことはやらず、やるなと言ったことはやり、口を開けば文句か不平で、しまいには大学受験を拒否して家を飛び出した」

「それは！」

「それは何だというんだ。俺に対して感謝の念を持つ人間が、そんなことをするものか」

「するよ！」

一憲に負けず劣らずの強い口調で、海里はきっぱり言った。初めて弟に気圧《けお》され、兄は口を閉じる。

海里は言葉を探しながら言った。

「兄ちゃんが、俺の将来を思って、俺を真っ直ぐ育てようと思ってたこと、今はよくわかる。でもそれは、兄ちゃんの価値観ベースだったろ？」

「保護者が、自分の価値観に基づいて子供を指導するのは当然のことだ」

「そうだけど！　でも俺には俺の物差しがあってさ。兄ちゃんから見れば、目盛の打ち方がバラバラだったり、ひん曲がって見える不良品だったのかもしれないけど、それは俺だけの物差しだった。それを否定され続けるの、すっげえきつかったんだよ」

「…………」

「お前の物差しは出来損ないだ、俺のを使えって言われ続けて、凄く嫌だった。でも子供心に、うちはお父さんがいないんだから、兄ちゃんに見捨てられたら終わりっていう恐怖があった。だからガキの頃は、逆らいつつも、結局いつも最終的には兄ちゃんの言うとおりにしただろ？」

「……まあ、確かに」

「兄ちゃんは俺のために色々諦《あきら》めてくれた。だけど俺も、兄ちゃんに比べれば小さいことだけど、兄ちゃんの言いつけに従って、色々諦めたよ。友達関係とか、部活とか。とにかく、やりたいことを駄目だって言われるたびに、一つずつ諦めてきたよ」

「それは」

「それは無駄なものだ、不要なものだって兄ちゃんは言ってた。確かにそうかもしれないし、理屈はわかる。だけど、前向きな気持ちをポキポキ折られ続けるのがつらいって気持ちも、ちょっとはわかってくれてもいいんじゃないかな。……それを我慢しきれなくなって、俺、家を出たんだ」

一憲は、きつい目で弟を見据える。

「そうやって自分の好きにやった結果が、あの騒動だろう」

「うっ……。そ、そうだけど！」

「まさか、後悔はないとでも言うつもりか？」

「……後悔は、ある。俺、本気で役者になりたかったから、何で道を踏み外しちゃったかなあって後悔は、未《いま》だにある」

「ほらみろ」

「だけど！」

海里は鬼の首を獲《と》ったようにふんぞり返る兄を睨みつけ、言い返した。

「だけど、あれは自分が決めて、失敗したんだ。全部俺のせいだから、人生初の、俺がひとりで背負った後悔だよ。兄ちゃんがああ言ったから、こう言ったから、なんて逃げ道はなかった」

「当然だ」

「ひとりで全部背負い込んで、初めてわかったんだ。俺、これまで色んなことを人のせいに……おおむね兄ちゃんのせいにしてたから、こんなにフワフワした生き方をしてたんだなって。自分自身で背負い込んだ責任と後悔って、マジで重くてさ。道を探しながら、ゆっくりじっくりしか歩けねえもん。でも、ゆっくり歩いて初めて見えたものも、たくさんあった。……だから、失敗してよかったんだって、今は思えるよ。後悔はあるけど、やってみて失敗したこと自体は、後悔してない」

「…………」

「えーと、ところで。そろそろヤバイんでお願いします」

突然、照れ隠しのようにおどけた口調になって、海里は持参のフライ返しを一憲に差し出した。

一憲は、渋い顔でフライ返しと弟の笑顔を見比べる。

「まさか、お前」

「うん。思い出再現って言ったじゃん。昔取った何とかで、よろしく」

「……まったくお前という奴は。床に落ちても知らんぞ」

そう言うなり、一憲はセーターの袖《そで》を腕まくりした。弟の手からフライ返しを引ったくると、慎重に生地の底に差し入れる。

「こういうことは、集中力と気合いがものを言うんだ」

「って、昔も言ってた」

「…………」

苦虫を噛み潰《つぶ》したような顔で中腰になった一憲は、気合いと共に巨大なホットケーキを物凄《ものすご》い勢いで引っ繰り返す。

一瞬、自重でへし折れかけたホットケーキは、危ういところでホットプレートに着地した。

すぐに裏面にも熱が伝わり始め、ホットケーキ全体がゆっくりと厚みを増していく。表面は実になめらかで均一に焼き上がり、香ばしさと甘さが絶妙に入り交じった香りが、殺風景な病室に広がった。

海里は満面の笑みを浮かべ、パチパチと手を叩《たた》いた。

「おおお、やった！　返った！　しかもすっげえ綺麗《きれい》に焼けてる！　きつね色！」

「……と、お前も昔、同じことを言って大喜びしていた。六、七歳の頃から、まったく進歩しとらんな」

フライ返しを持ったまま、一憲は得意げに胸を張る。

「あっ、酷《ひで》ぇ」

「さっきの仕返しだ」

そんな他愛ないやり取りをして、兄弟は顔を見合わせ、自然に笑い出した。

自分が笑っていることに気付いた一憲はすぐに笑みを引っ込め、とってつけたような仏頂面に戻ってしまったが、ほんの数秒間の兄の笑顔は、海里の胸に小さな火を灯《とも》してくれた。

海里が幼い日、確かに二人の兄弟は、共にホットケーキを焼き、共に喜び、笑い合ったのだ。

その想いは、一憲にとっても同じだったのだろう。そっぽを向いてしまった一憲だが、その顔にはさっきまでの、海里のすべてを拒否するような険しさはない。

やがて、こんがりと焼き上がったホットケーキを、一憲はあの日のようにフライ返しで半分に割った。

海里は、それを両手に持った皿で受ける。

「サンキュ。バターと、敢《あ》えて当時風に、メープルシロップじゃなくホットケーキシロップを用意してあるよ」

一憲は海里から自分の分の皿を受け取ったものの、怪訝《けげん》そうな顔をしている。海里は軽く眉《まゆ》をひそめた。

「何？ 俺の記憶、どっか間違ってた？ 他のものを添えてたっけ？」

「いや、ただ、お前があれを言わんのかと思ってな」

「……何を？」

「その……」

一憲は酷く居心地の悪そうな顔つきで、受け取ったまま片手で持っていた皿を、軽く持ち上げた。

「あれだ、『ディッシー！』とかいう台詞《せりふ》だ。テレビで言ってただろう」

「……ちょ……！」

突然の兄のツッコミに、海里は真っ赤になり、その直後、あることに気付いて一憲の顰《しか》めっ面を凝視した。

「それ、知ってるってことは、兄ちゃん……」

「見ていた」

まるで悪戯《いたずら》がばれた子供のような顔で、一憲は告白した。

「毎朝、出勤途中の電車の中で、あの情報番組をワンセグ視聴していた。お前のコーナーだけだが」

「兄ちゃん……」

「軽薄だ、馬鹿馬鹿しいと思ったが、兄としては一応、な」

「弟の行動を把握しなくてはならん！って奴？」

「まあ、そういうことにしてお……いや、そうだ！」

「そんじゃ、もしかして、こないだ店の前で俺がインタビュー受けたのも……」

「お母さんが勝手にワイドショーを録画していたものでな」

重々しく頷《うなず》き、咳払《せきばら》いした一憲だが、その四角い顔がうっすら赤面している。

「……そっか」

からかってやりたい衝動をぐっと抑えて、海里は半月形のホットケーキにバターを載せ、溶けたはしからまんべんなく綺麗に塗りつけた。その上からとろりとした褐色のシロップをたっぷり回しかけ、これまた持参したカトラリーで切り分けて、大きめの一切れを頬張る。

「あー、この味だ」

モグモグと咀嚼《そしやく》しながら、思わずそんな声が漏れる。

市販のミックス粉で焼いたホットケーキの、ちょっとドライな焼き上がり。

しかし噛《か》みしめれば、そこに染み込んだバターと、安っぽいシロップのカラメル味がジワリと溢《あふ》れてくる。

「こんな味だったかな。昔は旨《うま》いと思ったんだろうが、今はほどほどだな」

「そうかな？　これはこれで」

「この前、奈津に連れていかれたパンケーキ専門店の奴は、もっとふわふわしていたぞ」

「……マジか。兄ちゃん、どんな顔して行ったんだよ、パンケーキ専門店なんて」

「俺は、どんな店に入っても恥ずかしくない服装で外出しているつもりだが」

「……顔。服装じゃなくて、顔！　しかもその顔で、ふわふわ、とか！」

「うるさい。いいから食え」

さらに赤みの増した顔でホットケーキを大口に頬張った一憲は、何げなく切り出した。

「俺も、ひとつだけ思い出した」

「何を？」

飲み物も持参すればよかったと少し悔やみつつ、海里は訊《たず》ねる。

一憲は、口の中のものを飲み下してから、静かにこう言った。

「お父さんが海難事故に遭って、変わり果てた姿で帰ってきたときのことを、お前は覚えていないだろうな。まだ三歳だったから」

海里は小さく肩を竦《すく》める。

「正直、全然覚えてない」

「無理もない。あのとき、お母さんは急なことに動転して体調を崩してしまって、俺が喪主代理を務めたんだ」

海里は驚いた顔で兄を見た。

「そんときって兄ちゃん、まだ十六かそこらだろ？　喪主代理なんて、出来たのかよ？」

一憲は、こともなげに答えた。

「葬儀自体は、お父さんの会社の人や葬儀会社の人がほとんどのことをやってくれたから、特に大変なことはなかった。一人っ子同士の夫婦だから、親戚《しんせき》も少なかったしな」

「それでも、すげーよ。俺、十六の時、ひとりじゃ何もできなかったもん」

「そういう局面に立たされれば、嫌でもやれるようになるし、やらざるを得ないものだ。それに、俺はお父さんの死を悲しむより、不安でたまらなかった」

「あー……」

「お母さんは立ち直ってくれるだろうか。家のローンはどうしよう。生活費は、俺が稼げるようになるまで何とか保《も》つだろうか。次から次へと不安のタネが湧いてきて、たまらなくなったとき……お前の姿が見えた」

海里は、フォークの先端で自分を指さす。

「俺？」

行儀が悪い、と弟の不作法を窘《たしな》めてから、一憲は自分の右手を開き、大きな手のひらを見ながら頷いた。

「グレーのブレザーを着せられて、随分窮屈そうにしていたっけな。自分の親に何が起こったかも知らず、興味津々で葬儀場を眺めていたお前が、目が合うなり急に駆け寄ってきて、俺の手をギュッと握った」

海里は驚いて問い返す。

「俺が？　そんなことしたんだ？」

「ああ。俺の手の半分もない小さな手で、一生懸命に俺の指先を握って、ぶんぶん振り回した。色んなことがどうでもよくなるような、呑気《のんき》な笑顔でな」

片眉を上げた皮肉っぽい表情を向けられ、海里は内心ゲンナリしながら言葉を返した。

「あー……そりゃまた、空気読まなくてすみませんでしたー」

だが、それには取り合わず、一憲はこれまで一度も海里が聞いたことがない、穏やかな声でこう言った。

「あんな温かな励ましを、俺はこれまでの人生で他の誰からも受けたことはない。たとえ幼いお前に、そんな意識はなかったとしてもな。だからこそ俺はあのとき、お前のために頑張ろうと思ったんだ」

「兄ちゃん……」

「その後の生活で色々とストレスを溜《た》め込んで、お前さえいなければと思ったことがあるのは事実だ。それを誤魔化す気も、否定する気もない。だがそんなときでさえ、俺を根底で支えてくれていたのは、あの葬儀の日のお前の手の小ささと温かさだった。何故、忘れていたんだろうな」

しみじみとそう言って、一憲は深い息を吐く。

兄と弟の間には、これまでにない、近しく、温かな空気が流れていた。

　だがしばらく黙っていた海里は、何かが吹っ切れたような笑顔でこう言った。

「俺さ、やっぱ兄ちゃんとは気が合わないと思うんだ。性格も、趣味も、ファッションセンスも、食の好みも、生き方も、何ひとつ掠《かす》りもしないほど似てない」

「同感だな」

　一憲も、いつもの素っ気なさで応じる。

「そのくせお互い頑固で、相手のやり方に合わせようなんてちっとも思わないとこだけはそっくりだ」

「む……」

　弟にいきなり痛いところを突かれて、一憲は渋い顔で黙り込んだ。

　そんな兄の態度がむしろ可愛く思えてきた自分が可笑《おか》しくなりながら、海里はこう付け加えた。

「だからさ、奈津さんがどんなに望んでくれても、俺と兄ちゃんが仲良し兄弟になることはないような気がする。それでも、たまにはこんな風にさ……」

　海里は続きをどう言ったものかと思いあぐねて、ホットケーキを口に放り込む。一憲は、入れ替わりに何か言おうと口を開きかけた。

　だが。

「あー！」

そのとき、突然聞こえた女性の声に、兄弟はギョッとして声のしたベッドのほうを見る。

二人の視線の先には、むっくり身を起こし、膨れっ面で腕組みする奈津の姿があった。

疑いもなく、完全に覚醒《かくせい》したいつもの彼女が、そこにいる。

「うわっ、奈津さん⁉」

「奈津、お前、目が覚めたのか！」

海里は驚いて口の中からホットケーキの欠片《かけら》をポロポロ零《こぼ》し、一憲はフォークとナイフを持ったまま、弾《はじ》かれたように立ち上がる。

そんな兄と弟の驚愕《きょうがく》の表情をむしろ不可解そうに見比べて、どうやら自分に何が起こったかを把握できていないらしき奈津は一言、無邪気に言い放った。

「ずるいわ、二人だけで美味《おい》しいもの食べて！」

奈津が無事に目覚めたことに対する驚きと安堵《あんど》、そして喜びが胸に染み通った直後、病室で日曜の昼にモサモサしたホットケーキを食べていた自分たちの滑稽《こっけい》さが、兄弟の心にどっと押し寄せる。

「やれやれ、次は奈津にホットケーキを焼いてやらねばならんのか」

「そうみたい、だな。いいじゃん、ラブラブで」

一憲が力なく頭を振りながら漏らしたぼやきに、海里は冷やかしてやろうかとニヤニヤ笑って相づちを打つ。

だが一憲は、実にさりげなくこう付け加えた。

「そのときは、お前がホットプレートを持ってこい。うちのは、随分前に処分してしまった」

「！」

兄の言葉の意味に気付いた海里が何か言う前に、一憲は、弟に背を向けた。

そして、ようやく頭の包帯に気づき、不思議そうに首を傾げる婚約者の元へと足早に歩み寄ったのだった……。


一方、その頃。

定休日の「ばんめし屋」の厨房《ちゅうぼう》には、夏神とロイドがいた。

海里がいないので、昼食には夏神が腕をふるい、具は豚バラ肉とキャベツだけ、半熟の目玉焼きを載せるという焼きそばを作って二人で食べた。

そして食後、夏神は鍋《なべ》を洗い始め、ロイドは先に夏神が洗った食器を拭《ふ》いているという寸法である。

「イガ、今頃上手《うま》いことホットケーキ焼けとるかな」

そう言った夏神に、ロイドはやんわりとツッコミを入れる。

「それより、兄君との距離が縮まったか、奈津様がお目覚めになられたかどうかが心配なのでは？」

「せやけど、その大元になるんがホットケーキやろ。食い物が上手いことできるかどうかは大事やで。旨《うま》いもん食うたら、それだけで気持ちが和むもんやからな」

大真面目に言い返す夏神に、ロイドは感心した様子で大きく頷《うなず》いた。

「なるほど。確かに、先刻作っていただいた焼きそばも、たいへん美味しゅうございました。僭越《せんえつ》ながらこのロイド、今、まさに大満足の心持ちでございます」

「そらよかった。お前と二人だけで飯食うたんは、初めてやな。それよりお前、イガと一緒やのうても、大丈夫なんか？　こないに離れたん、初めてやろ」

少し心配そうに訊《たず》ねた夏神に、ロイドは布巾《ふきん》を持ったまま背筋を伸ばし、にこやかに一礼した。

「はい、わたしとしても初めての試みだったのですが、我が主《あるじ》と離れましても、しばらくはこうして人の姿になれるようでございます。ですがもし、眼鏡に戻ってしまいましたら……」

「そんときは、あのヘンテコな眼鏡立てに戻したる」

「よろしくお願い申し上げます。……ああ、それから」

ロイドはふと思い出したように、拭き上げた皿を調理台の上に積み上げ、隣に立つ夏神にこう言った。

「先日の夏神様のお話、許可を得たからと、海里様より掻《か》い摘まんでお伺いしました」

それが、芦屋川で語った自分の過去のことだとすぐに気付いて、夏神は「おう」と戸惑いがちに応じる。

するとロイドは布巾を置き、珍しく真摯《しんし》な面持ちでこう言った。

「つきましては是非とも、わたしの分も上積みしていただこうと思いまして」

「は？」

「夏神様が生き残られた理由でございます。海里様を助けるため……に加え、その海里様が助けてくださったこのロイドの命も、どうぞ加えてくださいませ。たとえ羽根一枚分であっても、夏神様の重荷を軽く出来ましたら、眼鏡冥利《みょうり》に尽きますゆえ」

舞台役者のように流麗な台詞《せりふ》回しでそう言って、ロイドは優雅にお辞儀をしよう……としたが、次の瞬間、「あっ？　あっ、あああー！」と情けない悲鳴を上げつつ、煙のように姿を消してしまう。

「お……おいっ!?」

視線を下げた夏神は、床に転がったセルロイド眼鏡を慌てて拾い上げた。エプロンの裾《すそ》で埃《ほこり》を払ってやりながら、思わず苦笑いを漏らす。

「また、とてつもなくええとこで眼鏡に戻ってしもたな」

『……は。痛恨の極みでございます。お恥ずかしい』

眼鏡のくせにモジモジするロイドを大きな手のひらに載せて目の高さに持ち上げ、夏神はどこか切なげに、くしゃっと笑った。

「ありがとうな、ロイド。イガはええ奴で、そのイガが助けたお前も、ええ眼鏡や」

『勿体《もったい》ないお言葉、痛み入ります』

やはり芝居がかった口調で、ロイドも礼を言う。

「お前もイガも、変なとこで手のかかるやっちゃと思うてたけど、気ぃついたら、そんな困った連中に俺が支えてもろとるんやなあ……。ほんま、情けは人の為ならず、や」

独り言のように呟《つぶや》きながら、夏神はロイドを大事そうに持ち、二階への階段をゆっくり上がっていった……。

エピローグ

それは、十一月も後半の、とある土曜日の夜のことだった。

夏神がボルダリング仲間との食事会に出掛けたので、海里は店の厨房で、少し遅めの夕飯を作っていた。

二階の小さなキッチンでも簡単な料理はできるのだが、今夜はオーブンを使いたいので、一階で作ることにした。

エプロンを身につけたロイドは、火元には決して近づかず、シンクのあたりから海里の作業を見守りつつ、楽しげに言った。

「グラタンという料理は、初めてでございますね。お店でお見かけしたことはないように存じます」

海里は、一口大に切り分けた鶏肉《とりにく》と小海老《えび》をフライパンで炒《いた》め、その横でタマネギを大雑把に刻みながら頷いた。

「まあそりゃ、オーブンを使うような料理は、ちょっと時間がかかりすぎて難しいよな。あんま待たせないってのも、定食屋の大事なポイントだし」

「なるほど。定食屋では提供できないメニュー……ではこれは、我が主の腕試しでございますか？」

「腕試しっていうか、試作。店のメニューじゃなくて、ホームパーティの」

耳慣れない言葉に、ロイドはキョトンとした。

「ホームパーティ？」

海里はフライパンの中身を掻き混ぜながら頷く。

「奈津さんの怪我も、すっかりいいしさ。兄貴と奈津さん、もうすぐ籍入れるらしいんだけど、結婚式はしないんだって。それならせめて、レストランで食事会をしようって言ったんだよ。俺がお祝いにご馳走《ちそう》するからって」

ロイドは明るい笑顔で手を叩《たた》いた。

「おお、それは実によいお考えです、海里様。それで？」

「そしたら兄貴から電話が来てさ。『それより、うちに来て飯を作れ』って言われちゃった。だから、結婚祝いのホームパーティを開くことにしたんだ。俺と兄貴と奈津さんと、母親の四人で」

「おお！　それはさらに素晴らしいアイデア。しかも海里様、ご実家でパーティということは、正式に出入禁止が解けたのでございますな？」

「ま、そういうことなんじゃね？　兄貴のことだから、はっきりとは言わなかったけどさ。だけど、『お前の今の腕前を見せてみろ』なんて言われちゃったから、パーティっていうより、試験みたいなもんだ。いっちょ頑張らなきゃな」

「ほう、それでグラタンを」

「奈津さんのリクエストなんだ。他にも色々作る予定だけど、やっぱ花嫁最優先だろ？」

「無論でございます。なるほど。晴れの日のお料理というわけですな。それを試食させていただけるとは、なんたる光栄」

胸に片手を当てて感無量の表情をするロイドに、海里は「上手《うま》くできるといいな」と笑いながら、軽く火が通った鶏肉と海老に、ざく切りのタマネギとたっぷりのシメジを加えた。それから、煮込み用の鋳物の鍋《なべ》を火にかける。

「さてと、ホワイトソースを作るのは、人生二度目だ」

そう言いながら、海里は鍋の中でバターの塊を溶かし、量っておいた薄力粉を小さなザルでざっと篩《ふる》い入れた。

それを中火と弱火の間くらいの火加減で休みなく混ぜて粉に火を通し、牛乳を五十ミリリットルほど入れて、柔らかいペースト状になるまで加熱しつつ練り上げる。

「これはこれは、まるで魔法のようですな」

「そこまでじゃねえよ。お前はいちいち大袈裟《おおげさ》すぎるんだって。でもまあ、よーく炒めて粉臭さを抜く技は、ちょっとだけ魔法かな」

苦笑いしながら、海里は同じくらいの量の牛乳を何度もつぎ足し、その都度よく混ぜてペーストをゆるく伸ばしていく。

最終的には木べらを泡立て器に持ち替え、ダマができないように掻き混ぜると、あっという間にホワイトソースが出来上がった。

塩、胡椒《こしょう》で味を調えてから、炒めた具と、茹《ゆ》でてから敢《あ》えて少し置いておいたマカロニを混ぜ合わせると、美味《おい》しそうなグラタンのベースが出来上がる。

先日、通販で買ったオレンジ色の陶器のグラタン皿にベースを盛り、そこに茹でたブロッコリーとスイートコーンを色よく置いて、風味付けのパルメザンチーズをたっぷり、さらに食感のアクセントになるようパン粉を振りかければ、あとはオーブンでこんがり焼き上げるだけだ。

「当日は、ここに人参をハートに型抜きして添えてやろうと思ってさ。兄貴がすっげー嫌がりそうで楽しみ過ぎる」

そんなささやかな悪だくみを口にして、海里は低い場所に置かれたオーブンの扉を開けた。使った形跡はほとんどないが、店を開くとき、夏神が念のために設置したのかもしれない。大きめの家庭用オーブンである。

天板の上に汚れ防止のアルミホイルを敷き、そこにまずは二人分のグラタン皿を載せた海里は、おどけた仕草で天板を片手で下から捧《ささ》げ持った。

「さーて、グラタンの用意ができたので、あとはこれをオーブンで焼いていきまーす」

ようやく芸能人時代の自分の物真似ができるほど、あの日々が遠くなったのだ……と実感していた海里に、ロイドは首を捻《ひね》りながら問いかけた。

「海里様、わたし、常々不思議に思っておりましたのですが」

「ん？　何だよ」

「二階のお茶の間でテレビを見ておりますと、料理を実演なさる方が出ていらっしゃいます。海里様も、かつてはそのお一人だったそうですが」

「うん、それが？」

「ああいう方々は、料理中によく独特な表現をなさることを、常々不思議に思っておりました。先ほどの海里様のように」

「俺、何か変な言い方したっけ」

「変とまでは申しませんが、『○○していきます』という表現が多用されるのには、何か意味があるのでしょうか。『○○します』で十分であるように思うのですが」

「……あ、ホントだ。言ってたな、今」

自分の発言を思い出し、海里はポンと手を打った。それから、しばらく腕組みして考え込む。

「んー、でも、特にそこに意味はないかな。言い出したのは誰か知らないけど」

「では、意味もなくその言い回しを皆様お使いなので？」

海里は見事なヤンキー座りでオーブンの中を覗《のぞ》き込みながら懐かしそうに言った。

「テレビを見てる人には見えないけどさ、収録スタジオでは俺たちの前にアシスタントディレクターがいて、カンペっていう指示書きを出してるんだ。時間のやりくりとか、言ってほしいこととか、そういうのをリアルタイムで伝えてくるわけ」

「ほうほう」

「で、それをチラ見して、時間とか内容とかを調整しながら料理しなきゃいけないだろ。『○○します』だと、すぐ次の台詞《せりふ》を言わないと放送事故になっちまうけど、『○○していきま～す』だと、語尾を伸ばしながら、ちょいと考える時間が出来て便利なんだよ」

「おお、なるほど！　やはり、当事者でなければわからないことがありますなあ。他にも、やたらと、『○○してあげる』と仰《おつしや》る方が多いようです。あれも、確たる理由が……はっ、もしや、料理をなさる方は皆様、食材すべてに魂が宿っているとお思いなのでしょうか」

思いもよらないロイドの推論に、海里は意表を突かれてポカンとした後、すぐに笑い出す。

「は？　あははは、魂って、お前みたいにか？」

「何か、おかしなことを申しましたか？」

「いや。確かに流行《はや》ってるよな、その言い回し。俺も、テレビに出てた頃は何となく使ってたわ」

「なんと。我が主《あるじ》もですか！」

「うんうん。では次にチョコレートを湯煎《ゆせん》で溶かしてあげまーす。泡を立てないように、ゆっくり丁寧に、優しーく掻き混ぜてあげてくださいね〜……みたいな感じで」

「おお、まさにそれでございますよ。では我が主は、チョコレートに魂が宿っているとお思いに……」

「いやいやいやいや。そういうこっちゃないって」

「では、いったいどういう」

立ち上がった海里は、うーんとしばらく考えてから、どうにもキレの悪い口調で答えた。

「正直、よくわかんねえ。ちょっと丁寧な感じがするからかも。何にせよ、魂云々《うんぬん》じゃなかったことだけは確かだな」

「……そうでございますか」

何となくガッカリした様子のロイドに、海里は悪戯《いたずら》っぽい口調で付け加える。

「けどさ、この店に来て働くようになってから、○○してあげます、じゃないけど、○○させていただきます、って感じにはなってきたな」

オーブンから漂い始めた芳《こう》ばしい匂いに気を引かれつつ、ロイドは海里の言葉を訝《いぶか》しむ。

「させていただく、とは。それこそが、食材の擬人化なのでは？」

「擬人化じゃなくて、リスペクトだよ」

「リスペクトとは？」

少し照れ臭そうに、海里は明後日《あさって》の方向を見てボソリと答える。

「食材への敬意っていうの？　俺、ここに来る前は、フードコーディネーターやアシスタントがもうすっかり下ごしらえしてくれた食材ばっかし見てた。だけどここでは、さすがに牛や豚は違うけど、魚も鶏《とり》も野菜も丸ごとだろ。やっぱ、食材以前に、これは命なんだなって感じるんだ」

「命……なるほど」

「言葉にするとお安いけどさ、命を料理して、食べてるんだなって毎日実感してる。夏神さんはそれを知ってるから、あんなに丁寧に、大事そうに料理すんだなって」

ロイドはほれぼれと主の照れ顔を見つめた。

「素晴らしゅうございます。それこそ、料理人の根幹を成す気づきでありましょう」

「だーかーらー、なんでお前はいつもそう、ご主人様を上から褒め……」

「海里様」

大いに照れて憎まれ口を叩《たた》こうとした海里を、ロイドは自分の口の前に人差し指を立てることで制する。海里は、ロイドが急に真顔になったのに驚いて、つられて顔を引き締めた。

「あ？　どした？」

急に真顔になったロイドに、海里は不思議そうな顔をする。

ロイドは、店の入り口を指さした。

「ん……おっ」

海里は軽い驚きの表情になった。

そこにぼんやりと佇《たたず》んでいたのは、スーツ姿の小太りな中年男性だった。しかも、今にも消えそうに姿が薄らいでいる。

「久々に、幽霊登場か。けど、すげえ薄いな……」

「再びのご来店、ありがとうございます」

ロイドは笑顔で恭しく頭を下げた。海里は、ロイドのリアクションにキョトンとする。

「何だよ、前も来たことあんのか、この人」

「はい。と申しましても閉店後でしたので、何のおもてなしもできなかったのですが」

「あちゃー。間が悪いな。今日も定休日だよ」

海里は困り顔でロイドに囁《ささや》いた。

「なあ。あの人、こんだけ薄いってことは、もう一度出直せってのは無理かもだよな？」

ロイドも頷《うなず》いて囁き返す。

「はい。もはや意思の疎通も難しそうですが、前回、どうもお酒に執着がおありの模様でした。差し上げてみたら、この世への未練が消えるやもしれません」

「酒？　発泡酒とかでいいのかな。それなら、俺用のがあるけど」

「試してご覧になりますか？」

海里は頷くと、冷蔵庫からまとめ買いしておいた発泡酒を一缶取り出し、プシュッと開けて、カウンターに置いた。

「すんません、今日は定休日なんで定食は出せないんですけど、せめて一杯やっていきます？　何なら簡単なつまみくらいは作りますよ」

一杯やっていく、という言葉に、酷《ひど》く虚《うつ》ろだった男の表情が僅《わず》かに緩んだ。

だが男は、椅子の上に提げていたアタッシュケースを置き、椅子に腰掛けたものの、発泡酒に手を出そうとはしない。

ただ、何か言いたそうに、海里とロイドの顔を幾度も交互に見るだけだ。

「確かに、お酒をお望みですのに。他にも何か、お入り用なのでしょうか」

「なのかな。……あ、それとも」

海里はふと思いついて、発泡酒をもう二缶持ち出した。ひとつを自分、ひとつをロイドに手渡し、目で合図する。

タブを開けると、海里は男に向かって、陽気な調子で言った。

「もしかして、お相伴していいんですかね？　そんじゃ、お言葉に甘えて、俺たちもいただきます」

「……おお！」

主の意図を察したロイドも、大急ぎでタブを押し込む。

「一週間、お仕事お疲れ様でした！　来週も頑張りましょう！　かんぱーい！」

そう言って、海里は自分の缶を男の前に置いた缶、そしてロイドの缶に軽くぶつけると、景気よく発泡酒をごくごくと飲んだ。

「か、乾杯、でございます！」

ロイドも主に倣い、両手で缶を持って、実に上品な仕草で発泡酒を口にする。

そんな二人の様子に、男の幽霊は、ゆっくりと、しかし確かにリラックスした笑顔になった。その唇が小さく、「かんぱい」と唱和したと思うと、男の姿は静かに消えていく。

後には、カウンターの上の発泡酒の缶だけが残された。

「乾杯したら、消えちゃったな」

海里は少し寂しそうにそう言い、ロイドは驚きを露《あら》わに海里を見た。

「なんと、あのお方の心残りは、お酒ではなく……」

海里は笑って頷く。

「どっちかっていうと、打ち上げの乾杯的なものが恋しかったんじゃないかな。何つーか、飯も酒も、ひとりがいいときは勿論《もちろん》あるけどさ、やっぱそれだけじゃ寂しいだろ。みんなで楽しく飲み食いしたいときだって、きっとあるじゃん」

「はあ、なるほど！　確かに、乾杯はひとりでしても甲斐《かい》がありませんからなあ」

感心するロイドをよそに、海里はしんみりした顔つきでこう言った。

「みんなで、って言えることが……『みんな』が自分の周りにいてくれるってのが、幸せなんだよなあ、結局」

その呟《つぶや》きはあまりに小さすぎて、ロイドには聞こえなかったらしい。

「海里様？」

不思議そうに小首を傾げる眼鏡に、「何でもねえよ」と照れ臭そうに言って、海里はオーブンを開けた。

そして、こんがり焼けたグラタンを……大切な「みんな」と分かち合いたい熱々の料理を、ミトンをはめた両手で大事に取り出したのだった……。

簡単まかないグラタン

どもども、五十嵐です！　面倒臭そうなグラタンだけど、まかない方式で作ると簡単！　今回も、出来るだけ鍋と洗い物少なめにレシピを作ってみたよ。あと、オーブンを持ってない人のためのこんがりグラタンの作り方も。ノンスティック（くっつきにくい）フライパンが必要だけど、色々便利だから、持ってない人は、この機会にゲットしてみてくれよな。

★材料（2人前）

冷凍でOKだよ。他に、鶏肉やソーセージでも旨い！

むき海老	100gくらい
タマネギ	1/2個
茹で野菜	お好みで適量

コーン、ブロッコリー、シメジ
ほうれん草、カボチャなんかが旨いな

マカロニ	100g
牛乳	500ml
水	100ml
コンソメ	キューブ1つ、あるいは顆粒小さじ1
バター	20g
薄力粉	大さじ2を水大さじ2で溶いたもの

よく溶かないとダマになるから注意！

塩、胡椒	
粉チーズ、あるいは溶けるタイプのチーズ	お好きなだけ
パン粉	ひとつまみ

手持ちがないなら、省略してもいいよ。
でも食感が楽しいからお勧め！

★作り方

❶フライパンにほんの少し油を入れ（バターをここで少し使っても）、海老をサッと炒めて取り出す（冷凍海老を炒めたとき出る水は臭いから、捨てよう）。その間に、タマネギを適当にカット。俺は1センチ四方くらいの角切りにするのが好き。

❷フライパンでそのままタマネギを軽く炒めて、牛乳、水、コンソメ、マカロニを足し、沸騰したらふつふつする程度に火を弱めて、マカロニが柔らかくなるまで煮る。目安は、指定の茹で時間に従ってくれよな。マカロニが底にくっつくから、時々混ぜて。

❸マカロニが柔らかくなったら、水溶き薄力粉をぐるんと入れて、大急ぎで混ぜる！　ここはダマが出来ないように素早く、しかししっかり火を通そう！

❹塩気はコンソメにもよるので、ここで塩、胡椒で味付けする。仕上げにバターを入れて溶かしたら、火を通したお好みの野菜を投入。耐熱容器に移し、チーズ、パン粉を振りかけて220度のオーブンまたはオーブントースターで、焦げ目がつくまで焼こう。ブロッコリーなんかは、後添えでも綺麗な彩りになるよ。

❺オーブンを持っていない人は、いったんフライパンの中身を他の容器に空けて、フライパンを洗おう。で、フライパンをもう一度火にかけ、パン粉をそのまま投入、こんがり色づくまで焦がさないように弱〜中火でから煎り。それをまんべんなく広げ、溶けるタイプのチーズをたっぷりめに散らす。溶けてきたら、グラタンの中身をフライパンに戻して、しばらく中火で焼き付けて。フライ返しで様子を見て、チーズに焦げ目がついたらお皿を載せ、えいやっと引っ繰り返せば、こんがりグラタンの完成！　熱々を食べよう！

杏仁豆腐風ふわとろミルクプリン

そろそろデザートなんかも作ってみたい頃じゃないかな？　これ、美味しいけど物凄く簡単だから、是非作ってみて。ゼラチンは、溶けやすい奴を使うと失敗がなくていいよ！
あと缶詰はマジでライチお勧め。探してみてくれよな！

★材料（4人前だけど、2人で食べちゃえるかも）

牛乳　500ml
砂糖　大さじ2〜3　（20〜30gくらい）
粉ゼラチン　5g　（ギリギリ固まる量だから、これ以上減らさないでくれよ）
水　50ml

お好きなフルーツシロップ漬け　大きめ1缶　（何でもいいけど、俺のお勧めはライチ！　もう、ダントツでシロップが旨いんだ！）
お好きな生フルーツ　お好きなだけ　（作中で、俺は苺とキーウィを使ってたよ）

★作り方

❶鍋に水を入れて、沸騰しかかったら火を止め、粉ゼラチンを投入。しっかり溶かしたら砂糖を加えて、これも搔き混ぜてあらかた溶かしてしまおう。
❷牛乳を投入し、ぐるっと混ぜてから火を点ける。弱火で、泡立てないように底からゆっくり搔き混ぜて、すべてが綺麗に溶けたらもう火を止めてOK。沸騰させないようにな。
❸特に急がないならどんな容器でもOK、急いで固めたいなら小さめのグラスなんかに注ぎ分けて、あら熱が取れたらフィルムをかけて、冷蔵庫で冷やし固めよう。フルーツ缶も、冷蔵庫で冷やしておこう。
❹フルーツ缶を開けて、中のフルーツと、お好みの生フルーツを、小さめにカット。生フルーツは5ミリ角くらいにすると、経済的だし、ちょっとお洒落な感じになるよ。シロップは大事にとっておいて！
❺固まったミルクプリンを、大きめのスプーンで豪快にすくって、器に盛りつける。フルーツを飾り、缶詰のシロップをたっぷりかけて召し上がれ！

ちょっと簡単すぎたかな〜。

イラスト／緒川千世

本書は書き下ろしです。
この作品はフィクションです。実在の人物、団体等とは一切関係ありません。

最後《さいご》の晩《ばん》ごはん

お兄《にい》さんとホットケーキ

椹野道流《ふしのみちる》

平成27年 4月25日　初版発行

発行者●堀内大示

発行所●株式会社KADOKAWA
〒102-8177　東京都千代田区富士見2-13-3
電話 03-3238-8521（営業）
http://www.kadokawa.co.jp/

編集●角川書店
〒102-8078　東京都千代田区富士見1-8-19
電話 03-3238-8555（編集部）

角川文庫 19128

印刷所●株式会社暁印刷　製本所●株式会社ビルディング・ブックセンター

表紙画●和田三造

ISBN978-4-04-102058-6　C0193

角川文庫発刊に際して

角川源義

第二次世界大戦の敗北は、軍事力の敗北であった以上に、私たちの若い文化力の敗退であった。私たちの文化が戦争に対して如何に無力であり、単なるあだ花に過ぎなかったかを、私たちは身を以て体験し痛感した。西洋近代文化の摂取にとって、明治以後八十年の歳月は決して短かすぎたとは言えない。にもかかわらず、近代文化の伝統を確立し、自由な批判と柔軟な良識に富む文化層として自らを形成することに私たちは失敗して来た。そしてこれは、各層への文化の普及滲透を任務とする出版人の責任でもあった。

一九四五年以来、私たちは再び振出しに戻り、第一歩から踏み出すことを余儀なくされた。これは大きな不幸ではあるが、反面、これまでの混沌・未熟・歪曲の中にあった我が国の文化に秩序と確たる基礎を齎らすためには絶好の機会でもある。角川書店は、このような祖国の文化的危機にあたり、微力をも顧みず再建の礎石たるべき抱負と決意とをもって出発したが、ここに創立以来の念願を果すべく角川文庫を発刊する。これまで刊行されたあらゆる全集叢書文庫類の長所と短所とを検討し、古今東西の不朽の典籍を、良心的編集のもとに、廉価に、そして書架にふさわしい美本として、多くのひとびとに提供しようとする。しかし私たちは徒らに百科全書的な知識のジレッタントを作ることを目的とせず、あくまで祖国の文化に秩序と再建への道を示し、この文庫を角川書店の栄ある事業として、今後永久に継続発展せしめ、学芸と教養との殿堂として大成せんことを期したい。多くの読書子の愛情ある忠言と支持とによって、この希望と抱負とを完遂せしめられんことを願う。

一九四九年五月三日

最後の晩ごはん

椹《ふし》野《の》道《みち》流《る》

イラスト／緒川千世

ここは、あなたの居場所です。
心もお腹も
満たされる物語！

ねつ造スキャンダルで活動休止に追い込まれた、若手俳優の五十嵐海里。全てを失い、郷里の神戸に戻った彼は、定食屋の夏神留二に救われる。彼の店で働くことになった海里だが、とんでもない客が現れ……。

ISBN 978-4-04-102056-2

角川文庫　椹野道流の本

目白台サイドキック　女神の手は白い

太田忠司

イラスト／平沢下戸

伝説の探偵刑事と
名家の若当主、
最強の相棒ミステリ！

お屋敷街の雰囲気を色濃く残す、文京区目白台。新人刑事の無藤は、伝説の男・南塚の助けを借りるため、あるお屋敷を訪れる。南塚が解決した難事件の「蘇り」を阻止するために。警察探偵小説、書き下ろし！

ISBN 978-4-04-100840-9

カブキブ！1

榎《え》田《だ》ユウリ

イラスト／イシノアヤ

こんな青春、してみたい！
ポップで斬新な
青春歌舞伎物語!!

歌舞伎大好きな高校生、来栖黒悟の夢は、部活で歌舞伎をすること。けれどそんな部はない。だったら創ろう！と、入学早々「カブキブ」設立を担任に訴える。まずはメンバー集めに奔走するが……。

ISBN 978-4-04-100956-7

角川文庫　榎田ユウリの本

ナモナキラクエン

小《しょう》路《じ》幸《ゆき》也《や》

イラスト／くろのくろ

鮮烈な結末が胸を打つ
ビタースイート家族小説

「楽園の話を、聞いてくれないか」そう言って、父さんは死んでしまった。残された僕たち、山（サン）、紫（ユカリ）、水（スイ）、明（メイ）は、それぞれ母親が違う兄妹弟。父さんの言う「楽園」の謎とは……。

ISBN 978-4-04-101623-7

東京ピーターパン

小路幸也

装画／千海博美

『東京バンドワゴン』の
著者が描く、
もうひとつの東京小説!!

平凡な営業マン・石井は、仕事の途中で事故を起こしてしまう。パニックになり、伝説のギタリストでホームレスのシンゴ、バンドマンのコジーも巻き込んで逃げた先は、引きこもりの高校生・聖矢の土蔵で……。

ISBN 978-4-04-101138-6

宿命の少女と
彼女を守る者達の、
古代ロマンファンタジー

送り人の娘

廣《ひろ》嶋《しま》玲《れい》子《こ》

イラスト／あさぎ桜

「送り人」それは、死者の魂を黄泉に送る選ばれた存在。その後継者である少女・伊予は、ある時死んだ狼を蘇らせてしまう。蘇りは誰にも出来ぬはずの禁忌のわざ。そのせいで大国の覇王・猛日王に狙われ……。

ISBN 978-4-04-102064-7

角川文庫　廣嶋玲子の本